# EL
# DIARIO
## DEL
# PERRO
# LORD

# ANTONIO PÉREZ HENARES

# EL DIARIO DEL PERRO LORD

Historia de un perro de caza y de casa.
Un canto a la vida y a la naturaleza.

Editado por HarperCollins Ibérica, S. A.
Avenida de Burgos, 8B - Planta 18
28036 Madrid

El diario del perro Lord
© Antonio Pérez Henares, 2010, 2024
© 2024, para esta edición HarperCollins Ibérica, S. A.

Diseño de cubierta: CalderónSTUDIO®
Imagen de cubierta: adaptación sobre óleo de Julio del Rey

ISBN: 978-84-19809-38-4
Depósito legal: M-8405-2024
Impreso en España por: BLACK PRINT

Los perros Mowgli, izquierda, y Lord, derecha
(Archivo del autor)

# ÍNDICE

# PRÓLOGO

Los últimos treinta años de mi vida han estado unidos a tres perros, tres *spaniels*: dos bretones, Lord y Mowgli, y un *springer*, Thorin, como los primeros de mi infancia lo estuvieron a otros dos, un enorme mastín que me cuidó y protegió como a un cordero del rebaño que antes había guardado de los lobos, y una perrigalga, Silba, de rapidísima carrera y genio endiablado con todos excepto conmigo.

Fueron mis compañeros y parte ineludible e imprescindible de mi existir. El mastín nunca tuvo otro nombre que su propia raza, fijó en mí el vínculo con ellos y el afecto y el deber que ello conlleva. Esto se ha ido reflejando en mis libros una y otra vez. En el homenaje conjunto a aquella primitiva, primera y especialísima con el humano de *La mirada del lobo* y en muchos otros más. En mis novelas, de una u otra manera siempre se acaba colando un perro. En la última, *El juglar*, tampoco podía faltar y hasta hice que saliera en la portada.

Dejado el pueblo natal y el medio agrario y silvestre, donde me crie con los dos primeros, no hubo perro a mi lado en las ciudades a las que me llevaron mis padres, ni en las que luego ya emancipado viví, hasta que consideré que se daban las circunstancias para poderlo cuidar y atender como se debía.

El año pasado, el 2023, cumplieron los treinta desde que fui a recoger al que ya sería mi total responsabilidad. El primero de mis bretones, el Lord, de primer nombre Lord Jim, en honor a Conrad, que me acompañó durante casi dieciséis años, y luego el pequeño Mowgli, les sonará de Kipling, que lo hizo durante trece, los tres primeros compartidos con el «abuelo». Él también me dejó y fue tan intenso el dolor que dudé unos meses en sustituirlo. Hice bien en hacerlo, una vez más aconsejado y regalado por quien es mi maestro en canes, Juan Barrado. Ahora desde hace cuatro años ya tengo al Thorin, alias Escudo de Roble, según un tal Tolkien.

A los tres los he criado desde cachorrillos, el Lord y el Thorin recién destetados, y el Mowgli, a los cinco meses de nacer. Con el Thorin, este primer aprendizaje de convivencia fue todavía más intenso, pues me lo hubieron de traer dos amigos de la Guardia Civil que me hicieron ese gran favor, cuando me había autoconfinado, dando para siempre un asqueado portazo a las teletertulias, en aquellos tiempos de mentiras y esconder el Gobierno muertos de cuando el COVID, en mi cabaña en mitad de los montes alcarreños. Allí vivimos ambos en total soledad durante meses e incluso, con algún pequeño intervalo, pasamos con creces el año, siendo el uno del otro la única compañía en kilómetros a la redonda. Llegamos incluso a disfrutar en su plenitud, porque nosotros la disfrutamos, de Filomena, la inmensa nevada que comenzó el día de Reyes de 2021 y nos tuvo incomunicados en el monte de El Enebral durante dos semanas. El Thorin la gozó como un lobezno y es ahora a su lado, al amanecer y en aquel mismo lugar, cuando escribo este prólogo. Él, tras abrir los ojos al removerme yo, se ha vuelto a dormir y ronca, despacito, pero ronca, o se despatarra panza arriba, prueba de sentirse seguro y confiado, y ya repuesto del largo campeo de la tarde de ayer.

Para él habrá —ya ha habido algunos— letras y recuerdos escritos, pero confío en que nos queden al menos un par de lustros de seguir viviéndolos y haciéndolos juntos. Sin embargo, ahora quiero aprovechar este prólogo de esta nueva reedición de *El diario del perro Lord* para pagar un algo del gran debe que tengo contraído con el menor de mis dos bretones, mi Mowgli, compañero como el anterior de campo, caza y casa.

El mayor, su «abuelo», tiene este libro y él sale también al final, pero siento que está sin saldar la deuda con el pequeño. Lo fue de talla, pero también apodo cariñoso, pues Mowgli era el cachorrillo en el territorio que el mayor había disfrutado solo para él, lo que originó algún aquel, aunque tras un liviano encontronazo que otro se acabaron por proteger el uno al otro de manera total. Primero fue el Lord quien amparaba al cachorro, luego fue el perrillo, que siempre fue un valiente, quien no permitió que le tocaran un pelo al «abuelo» cuando no se podía valer. Recuerdo muy bien cuando se abalanzó un día en El Enebral contra un perro de la cuadrilla, bravucón y pendenciero, que atacó al Lord, que no venía ya a cazar, pero se acercaba al sentirnos volver y tras el reparto de la caza cogía un conejo para bajárselo hasta la cabaña a Mari, que lo cuidó más y mejor que yo. Había cogido desde joven esa costumbre y, fuera en el campo o en la vivienda en Madrid, gustaba de agarrar una pieza y entregársela a ella con gesto de orgullo y satisfacción. Recuerdo un día que estaba con otras señoras tomando café y apareció, de barro hasta las cejas y con una liebre en la boca, en mitad del salón. Los gritos de alguna al ver al que siempre había contemplado como un peluche que acariciar hecho un duro cazador fueron dignos de oír.

Al Mowgli le debo algunas letras más que aquellas y hoy me viene al pelo descontar al menos unas cuantas; otras podrán hallarlas en un cuento añadido al libro original, al final. El Mowgli fue siempre, desde que con unos mesecillos me lo regaló mi gran amigo, el alcarreño Juan Barrado, un bretoncillo valiente, cariñoso y leal. Y fue en septiembre del año 2019 cuando se durmió para siempre y en mis brazos. Después es cuando no pude ni ya me importó romper a llorar. Sabía bien que me iba a pasar, que me iba a doler, que me iba a dejar un gran vacío y que hasta iba a pensar en no volver a tener un perro más. Pero no le fallé, no me hubiera perdonado jamás el haberlo hecho en ese trance, un buen cazador no puede hacer eso jamás a otro cazador aún mejor que él. Días después llevé alguna de sus cenizas bajo la sabina, la más hermosa y perfecta de todo aquel monte, para que reposara junto a donde, desde otro septiembre, por mal mes lo tengo por ello, de diez años antes, reposa su «abuelo» Lord. Antes solía el bretoncillo subir conmigo a estar allí un rato y he de confesar que en la primera descubierta del Thorin, no más que un gozquecillo, fue al sitio al que le llevé para enseñárselo y recordar a los dos.

Desde cachorro y hasta ya achacoso cumplidos los trece años, Mowgli fue siempre conformado y sufrido, alegre y «echao pa'lante» sin importarle talla ni raza del contrario, ni aunque los «enemigos» fueran tres. Lo demostró muy jovencillo, junto al buen Lord, ya viejo, enfrentando los dos a un arriscado trío de perros de pastor allá por los altos de Nublares en mi Bujalaro natal. Iba él delante y al toparlos retrocedió hasta encontrar al «abuelo», pero luego ya juntos y sintiéndose apoyado se fueron a la batalla los dos. No era pendenciero, pero ni entonces ni nunca se dejó intimidar jamás y algún mordisco le costó, pero fueron más los que propinó. El Mowgli fue un perrete valiente y cazador, con buenos vientos, obediente y cercano, aunque en cobrar no llegó nunca a acercase al portento que era Lord.

El tiempo le fue pasando y le alcanzaron los achaques, con pérdida de dentadura incluida, aunque solo con el colmillo que le quedó se seguía haciendo con los conejos. Como todos los de su raza, gustó mucho de la caricia y respondió a ella con devoción. El último percance de salud fue ya muy duro y se lo empeoró una veterinaria de cuyo nombre sí me acuerdo, pero prefiero no recordar. En mejores manos pareció por algún tiempo incluso que, perseverante siempre, lograría reponerse, y en ello estuvimos, aguantando él y queriendo animarme yo, hasta que ya no pudo ser, hasta que fue definitivo, hasta que hube de resignarme a su final y acompañarle también en él, como un decenio antes había acompañado en su último momento al Lord.

Pero aún en aquellos días tanto el perrillo como el anterior me hicieron aprender una lección de vida. Igual que con el Lord, no fue otra que disfrutar juntos el tiempo y las fuerzas que les quedaban. Los tiempos de nuestros perros, de los primeros compañeros y aliados de la humanidad —el vínculo es único y nada tiene que ver con el de ningún otro animal—, son aún más efímeros que los nuestros, que no son mucho más largos en realidad. Tampoco debemos olvidar esto.

Hasta el último momento he gozado con mis perros el tiempo que la tierra me ha dado con ellos. Alegrarme más que nunca de sus leves mejorías, hasta de algún gruñido y de oírlos ladrar cuando se sentían mejor, de estar ahí cuando me buscaban y de los paseos despacio que aún querían dar. Me queda el haber entendido que lo importante ha sido el tiempo convivido donde juntos hemos hecho algo muy sencillo, intentarle hacer la vida mejor al otro, y que entre humanos nos resulta tan difícil conseguir. Me queda eso, el sentimiento de no haberles fallado descontando siempre que sabía que ellos jamás me lo harían a mí. Eso mitiga luego el vacío y la tristeza al recordarlos y hasta hace rebrotar la sonrisa cuando va pasando el dolor. Quiero concluir con lo aprendido con Mowgli y antes con el Lord, y no es otra cosa que una lección sobre el sentido de nuestra propia vida y de cómo afrontarla con uno mismo y con los demás: cuidarnos los unos a los otros todo lo bien que nos podemos cuidar y querer. Al menos con los que se pueda intentar.

Con el Thorin desde luego no va mal. Sigue durmiendo como un lirón y ahora hasta ronca. El «saltador», eso significa el nombre de su raza en inglés, hizo ayer honor a su estirpe y se dio un buen sobo. Tiene otros buenos por delante y tal vez en su día un libro. Por ahora, a ustedes los dejo con este, *El diario del perro Lord*, que su mismo protagonista me dictó.

# I

## NO SOY UN PERRO CUALQUIERA

Ahora que los años han mermado mis fuerzas, y catorce años largos son muchos para un perro, quizás sea la hora de soñar mi vida, tumbado ahí en ese sofá, que siempre me ha gustado tanto, frente a donde mi compañero escribe. Si yo sueño mi tiempo en la tierra, junto a él, quizás así él pueda soñarlo conmigo. Y no olvidarlo ni olvidarme hasta que un día también su propio tiempo pase.

Porque si el pasado, el presente y, no dentro de mucho el futuro, serán todos sueño para mí, para él, y hasta cuando también le alcance el tiempo, sí podrán ser recuerdos. Y algo más que entre los dos hagamos perdurar en la memoria y el corazón de otras gentes. Luego todo se irá, todo se va inevitablemente, la letra, el papel, el bosque y hasta la piedra. Por eso, antes de que el olvido cercano me venza, es llegado el momento de repasar lo vivido y convivido y de rebuscar recuerdos como los rastros de las perdices que han pasado por las veredas. Es hora de que les diga quién he sido, quién soy y qué siento. O mejor, quiénes hemos sido, porque un perro sin el hombre no se entiende, pero quizás pueda vislumbrarse también que algún humano tampoco puede comprenderse sin su perro.

Bueno, yo soy un perro de caza y me llamo Lord. Me llamaba Lord Jim, pero por eso no he atendido nunca, fue cosa de muchas letras y rápidamente se acortó para beneficio de todos. Soy un *épagneul breton* muy blanco y de alzada bastante mayor que mis congéneres. Apenas si tengo unos manchones marrones y el pelo más sedoso. Es porque no soy bretón bretón, aunque cualquiera se hubiera creído que sí porque mis padres parecían serlo los dos. Y lo eran. Pero una tatarabuela mía tuvo un lío, cosa de un amorío fugaz, pero que dejó huella, con un *setter laverak* inglés, y yo he dado el salto hacia atrás y cuando ya se creían que aquellos genes estaban perdidos, pues salieron a flote. El Chani suele decir que eso ha sido para mucho mejor y creo que en esto tiene razón. Me gusta la herencia de ese antepasado. Me ha dado más cuerpo y algún viento añadido.

No soy un perro cualquiera y no porque me las dé de aristócrata, a pesar del nombre. Lord Jim no lo era. Si recuerdan la novela de Conrad y la película, era un inglés que se acobarda en un combate y huye. Luego es el más valiente y un héroe capaz del sacrificio último. Lo interpretó Peter O'Toole y qué bien supo encarnar la tiniebla en el corazón del hombre y el hombre en el corazón de la tiniebla que el otro había escrito y sentido. No somos, yo creo que ni hombres ni perros, unidimensionales. Un día somos capaces de lo peor y otros de lo mejor. Dicho sin tanta filosofía y al estilo más canino.

Pero me pierdo. Digo que no soy un perro cualquiera. Uno tiene cosas de qué alardear. Por ejemplo, ¿quién en el mundo de los perros puede presumir de una novela dedicada? Pues yo tengo *Nublares. A mi perro Lord*, pone bien claro. Y el lobo que acompaña al protagonista, Ojo Largo, es como debí ser yo hace 15 000 años. Un lobo paleolítico adiestrado por un cazador cromañón. Nariz, le puso, pero yo sé muy bien que soy yo.

En otro libro, *Un sombrero para siete viajes*, también salgo. Hasta en foto. Y es de las cosas que más me han halagado. Tengo dedicado el epílogo y me gusta porque es verdad.

«Mi perro siempre sabe cuándo me voy lejos. Ese día no se despega de mis pasos. Sufre y yo sufro. Quisiera poder explicarle que volveré, que me espere, que no voy a abandonarlo. Y se lo digo. Pero Lord se limita a mirarme ansioso. Entiende muchas cosas, pero no esas complejidades del lenguaje humano.

»Así que cuando me ve sacar el macuto verde y, sobre todo, descolgar el viejo sombrero del clavo, me sigue por todas partes con su muda pregunta en la mirada. Pero no puedo transmitirle mis garantías de vuelta. En realidad ni uno mismo sabe si va a volver. No puede en verdad más que prometer una intención. En el fondo el perro lleva razón.

»Pero a los humanos, a mi mujer, Mari, les queda el consuelo de la palabra, la confianza y hasta un plazo y una fecha para la vuelta. A él no. A él solo le queda esperar en el vacío. Sin saber.

»Recuerdo ahora el amanecer de julio [del 2000] en que salí de casa para este último largo viaje. El beso de mi mujer y la mirada de mi perro. Mari sabe que hoy ya estoy de regreso, que se volverá a colgar en el clavo el viejo sombrero. Su alegría será mucha al verme entrar, pero la sorpresa y el alborozo de mi perro Lord les aseguro que aún serán mayores. Y eso —sé que mi mujer me perdona— será lo que me arranque, en la vuelta, la mejor sonrisa del corazón».

Sí que reconozco ese sombrero, el de lona sudafricano con el que se hace fotos, que tanto quiere y sigue usando como amuleto cuando se va de expedición. A esas a las que no me lleva. El sombrero y esos macutos verdes. Muchas veces, muchos veranos seguidos, iban juntos, el uno y los otros. Sus años de la Ruta Quetzal. Yo, claro, no les he tenido simpatía ninguna. Bien sabía que con el sombrero y el macuto verde él desaparecía y yo me quedaba en casa. Porque a otros viajes sí que he ido. No tanto como él, pero yo viajero también he sido. Habrá tiempo de contarlo.

En libros, ya digo, yo he aparecido mucho y ya ni cuento en revistas y periódicos. Raro es que no me haga hueco en todas y cada una de sus novelas, y en cuanto puede me cuela por cualquier rendija. A mí y a su pueblo, a su tierra natal, Bujalaro en Guadalajara, siempre nos tiene en la boca. He sido un perro muy mentado. Tanto que hasta he salido en televisión y no una, sino bastantes veces. Las más pegado al amo, en el patio o en el despacho, que siempre me pone a su lado cuando vienen a entrevistarlo o a hacerle alguna foto, pero una vez fui yo el protagonista, y ahí sí que no admito bromas. El programa estaba dedicado a mí y no puede decir nadie que no me comporté como un veterano, como todo un actor. En casa primero y en el campo después, que soltaron unas perdices para que se me viera cazar y ya lo creo que las cacé. ¡Menudo cobro hice a una alicortada! El cámara José Luis Pecker, compañero del Chani en la Ruta Quetzal, estaba alucinado.

Y en el plató, en el programa de Juan Delibes, me estuve quieto como un mazo, pegado a la pierna de mi amigo, más quieto de lo que me he estado nunca en mi vida por muchas veces que me hayan mandado estarlo y aquel día no le hizo falta decirme nada, que sabía yo lo mucho que me jugaba y nos jugábamos saliendo en televisión. Aquel día, mientras me filmaban, hasta me dibujó un señor y ahí tiene el amo el cuadro colgado en la cabaña del campo junto a la cama donde dormimos. Ese dibujo es de Josechu Lalanda. Pero no es el único. En su despacho del ordenador está, a todo color, el de Julio del Rey, conmigo en pose muy cazadora con unas perdices, que está copiado también en un azulejo en el patio de la casa junto a la fuente donde vienen a beber los gorriones. Uno de ellos pudiera considerarse hasta mi primera pieza. Un volantón inexperto que se descuidó tanto que de un salto lo tuve en la boca. Corrí hacia donde estaba Mari, a la cocina, y ella, al ver asomar la cola del pajarillo, gritó la palabra mágica: «¡Suelta!». Yo abrí las fauces y el gurriato emergió de mi boca, volando como un desesperado. Ahora, y desde hace mucho, ya no acecho gorriones. Hace años, más de los que lleva el azulejo con mi figura sobre la fuente, que lo he dejado. Ya tengo una trayectoria y un prestigio para andar detrás de los gurriatos.

La última vez que me retrataron fue no hace mucho. Lo hizo Mariano Aguayo y ahí tengo el cuadro, justo encima de donde estoy ahora mismo tumbado. A primera vista parece que tengo la cara triste, pero no. Yo siempre, y para las ocasiones importantes, he sido un perro serio. Y posando para tales artistas, uno tiene que dar la talla.

Y sí, lo reconozco. Me gusta salir en las fotos y que me lean lo que escriben de mí. Me gusta oír mi nombre. Así que para las fotos pongo el perfil bueno y me arrimo al Chani y, cuando oigo decir «Lord», envelo las orejas un poco y pongo gesto de entender. Porque muchas cosas ya lo creo que las entiendo. Sé quién soy, cómo me llamo, quién es mi amo, quién es ella, que me cuida, y quiénes son muchos de los que vienen por casa o de los que encontramos en el campo. Algunos, a casi todos, me ha gustado conocerlos, y cuando reaparecen reconozco a la legua su buen olor. A otros, muy pocos, mejor me hubiera valido no verlos en mi vida. Pero esos malos olores no suelen aparecer por el patio.

Pero de eso ya hablaremos, que estoy perdiendo el hilo de la presentación. Catorce años son muchos años para un perro. Y hoy estoy cansado, muy cansado, y algo cojo. Casi no he podido subir la escalera después de venir de cazar. Son muchos años y hoy me he hecho daño en la mano y el brazuelo izquierdos. Tengo la articulación hinchada. Como cuando padecí aquellos dolores horribles, que me caía hasta al levantar la pata para mear. No es igual que entonces, pero me duele. Lo de ahora es del golpazo que me di esta mañana en el arroyo donde resbalé en la madera húmeda que había para pasar y caí contra aquella piedra. Ahora se me ha hinchado.

Pero hoy ha sido un gran día. Lo sé porque él está feliz conmigo y no ha parado de decirme palabras suaves y hacerme caricias. La verdad es que cobrarle esa perdiz, alicortada, larga y que cayó sobre aquel matón de carrascas, aliagas y broza, aunque me esté mal decirlo, tiene mucho mérito.

Por fortuna la vi caer y corrí hacia donde había pegado el pelotazo. Cogí el rastro y ya me dije: «Este es un macho viejo y se va derecho a la leña». Con lo que me quedaba de resuello fui tras ella, pero no había manera de entrarle en aquel matorral tan espeso. Metida entre los matojos, buscaba hacerme perder su pista. Pero no. La tenía fresca y en esto del cobro siempre he sido puntero. Lo que me hayan mermado las facultades lo gano por perro viejo. He sido un maestro en encontrar caza herida o muerta y eso me lo han reconocido siempre el Chani y toda la mano, que bien que me llamaban para que les fuera a cobrar. Ahora menos porque ya no valgo con algunas cuestas y hay perros mucho más jóvenes. Pero no me llegan.

No me llegaban antes y ahora si me dieran las patas se iban a enterar. Como se enteró el macho viejo de perdiz que se quería perder entre la leña del matón.

Dos veces la tuve al diente y dos se me escurrió. Pero a la segunda soltó ya el cacareo y eso hizo que Chani, que no me veía entre la maleza, viniera hacia el sitio y sin meterse encima, que eso lo único que hace es ponerlo todo aún más difícil pateando, haciendo ruido y no dejando ni oler ni oír, ¡estos hombres!, tapó una salida y se quedó escuchando y quieto. Me gustó la confianza y le oí decir a otro de la mano: «El Lord la tiene aquí».

No la tenía aún, pero no tardé en hacerme con ella. La engavillé en el rincón donde se había aplastado y con la perdiz en la boca salí a lo limpio. Y la paseé, aunque estaba reventado del esfuerzo, un rato. Porque yo darle la caza en la mano eso no lo he hecho jamás. La cobro y la traigo, con mucho cuidado, en la boca, y puedo ir detrás de él un kilómetro antes que dársela a otro que no sea mi amo. Pero en la mano, no. Me gusta hacerme el remolón antes de entregarla, dejándola en el suelo cuando me dice «suelta». Yo sé que en el fondo no le importa mucho y cuando de jovencillo le dijeron no sé qué de adiestradores o castigos para que lo hiciera él dijo que lo que le importaba era que la cobrara y la trajera, y que por ello a mí no me tocaba el pelo nadie.

Sabe también que cuando he hecho faena me gusta que me la deje saborear un poco. Y esta vez me dejó todo lo que quise. Se sentó en una piedra y me dejó lucirme después de la faena, porque sabía lo difícil que había sido. Y estaba feliz y yo más. Lo notaba en sus caricias y en esas palabras que llegan al corazón de un perro de caza, esas que valen por todos los dolores que tengo ahora.

La verdad es que estoy baldado. Y tengo miedo de que ya no me lleve con él. En lo que llevamos de temporada hemos ido tan solo unos pocos días. Al principio fuimos a esas perdices que huelen de otra manera, que huelen a pienso y a cerrado. Me pongo tibio con ellas y da gusto cómo se dejan acercar, y es cuando yo me quedo como una estatua señalándolas con el morro y él llega y, a su gesto, me lanzo y sale. De esas pocas se van, que no se le debía ir ninguna, pero se le van más de tres. Me harto de morder caza. Y bueno, se disfruta, pero como que no sabe igual.

Aunque fue en una de esas sueltas cuando ya me di cuenta de que he pegado el bajón. A media mañana, cuando antes yo estaba dejando atrás a todos, no me daban los pulmones, que me salía un resuello ronco del pecho, ni las patas, que la verdad es que no sé parar de comer y me sobran kilos, y al subir una cuesta es que ya no podía ni seguirle. Yo, que siempre he subido por delante y al trote. Cuando remontamos noté, por su tono de voz, que estaba preocupado. Y le agradecí la parada, allá a la sombra. Se encendió un cigarrillo, que no sé por qué hace eso, que atufa el coche, pero es una manía suya como la mía de comérmelo todo, me da igual, es que todo me gusta, el melón y el jamón. Todo. No sé qué haya que no me guste a mí. Bueno, pues cuando acabó con el fumeque, yo seguía resollando, tumbado con la panza en la tierra fresca. Y él siguió esperando a que me recuperara. Qué diferencia de antes, que cuando él paraba en los «ganchos» a que llegara la mano yo me desesperaba y chillaba y rabiaba por salir campo adelante en vez de esperar. Yo soy un perro de caza al salto y no de ojeo ni de «ojeítos». Bueno, pues estaba reventado, aunque luego aún dimos una vuelta y yo seguí sacándole perdices para que, como siempre, sus primos canarios, que son los que hacen estas sueltas cuando vienen por la península, se quedaran bizcos con mis muestras y mis cobros. Hasta ese, que imita mis ladridos cuando me dejan en el coche como si fuera yo y los otros se hartan de reír, tuvo que reconocer que puedo ser un llorón, pero, si me pongo, un respeto.

Pues encima, al que me hace burla, después de que estuviera con el Chani dando vueltas en un rastrojo, sin un mal matojo ni una paja, buscando una pieza, le di una buena lección.

Yo andaba un poco despistado. La verdad es que me estoy quedando sordo, de un lado sobre todo (y en ocasiones me lo hago también un poco del otro. Cuando estoy cansado oigo bastante menos, por ejemplo), y andaba a lo mío por una costera mientras el Chani se desgañitaba llamándome. Al final lo vi, más que lo oí, haciendo aspavientos, que tampoco es que vea ya como antes, pero en ello ando todavía algo mejor y bajé hacia ellos. ¡Y serían tontos! Tenían la perdiz en los mismos pies y ni la olían. Y es que los hombres ver aún ven, que para eso miran desde sus alturas, pero oler, y dicho sin metáforas, es que no huelen ni una mierda. Dan pena. El imitador la estaba pisando y nada, tapada solo un poquillo por unas pajas del rastrojo. Si no llego a bajar, allí se queda. Se la dejé al Chani al lado y no dejé ni que me acariciara. Me marché costera arriba otra vez. He sido, lo reconozco, siempre un poco mío, un poco cabezón y un algo independiente.

Me fui como haciendo que estaba fresco y trotador, pero no podía con el alma y empecé a temer que esa podía ser la última vez que me llevaba de caza. Lo de perder el resuello en la cuestecilla lo tenía en vilo y yo lo sabía.

Mis temores se confirmaron al domingo siguiente. Porque sé que se fue a cazar lo nuestro porque llevaba el chaleco, la escopeta y el morral —que distingo bien del rifle y otros achiperres y ya tengo muy sabido que entonces no me toca—. ¡Y no me llevó con él! A la vuelta, bien lo barruntaba yo, no traía olor a jabalí, ni a venado ni a corzo en las botas. Olía a perdiz y hasta sabría decir de dónde. De su pueblo, de Bujalaro, que no se me despintan a mí aquellos olores de sus pantalones; olía a tomillo y a romero y a espliego de esas alcarrias altas donde comencé a cazar cuando era un cachorrillo. Se creerá que no me acuerdo.

Pero no llevaba las piezas encima ni estaban en el morral. Lo que había hecho era ponerlas escondidas entre las plantas del jardín para que yo las cobrara y las metiera en casa. Porque ha sido una costumbre de siempre. Cuando llegamos de cazar, él deja una pieza y yo la cojo y la llevo muy orgullosamente, tras remolonear un rato, claro, a Mari. Y quiso el Chani que lo siguiera haciendo. Me dijo: «¡Busca! ¡Muerta!». Y a escape di con una y luego con la otra en el jardín, aunque la segunda la había puesto encima de una maceta muy alta. ¡A mí me la va a dar!

Pero con todo no se me iba la tristeza de que ya no contara conmigo. En casa estaba bien y a gusto, no lo voy a negar, pero no salir al campo es no tener vida para un perro de caza.

Pero hace solo dos domingos me volvió a poner el collar de campo. ¡Y esa sí que es una señal definitiva! Supe que volvía a la brega y me puse como loco de contento. Cabrioleaba como un cachorro. Fuimos a Alarilla, que ese es mi cazadero desde hace varias temporadas. Y que niegue que cumplí. Cobré las suyas y las de algún amigo. Le noté contento. Y me recuperé bien. Por eso he vuelto hoy. Estoy algo más molido, pero es por el golpe. El terreno, como ha llovido mucho, estaba blando y te agota. Pero hoy no solo no llovía, sino que hacía bochorno y la tierra, sedienta, se había bebido todo y no había un mal charco. Estuve buscando alguno como un desesperado y nada. Hasta que ya al final encontré uno en un hacho, en medio de una chopera. Me puse perdido de cieno, la verdad. Pero qué gusto. Luego ya al rato, como nos paramos un poco, me quedé frío y empecé ya a cojear. Él se ha portado. Me miró la pata, la articulación, y a nada estaba en un coche que me llevó al nuestro y ya pude descansar en mi sitio de la parte de atrás. Estaba deseando tumbarme en la colchoneta. Y ahora sueño, sueño con que no sea la última vez. Que no creo que lo sea, porque estoy viejo, sí, pero aún valgo y hoy lo noto muy contento conmigo. Creo que aún me queda cuerda. Un poco por lo menos. Y cobrando he demostrado que quien tuvo retuvo y guardó para la vejez. Que sí, que eso es verdad, que estoy muy viejo, cada vez más sordo y perdiendo vista. Pero ni se me han ido las ganas de cazar y, ¡quia!, tampoco las de comer. Que tragón sigo siendo como el primer día.

La casa donde he vivido siempre tiene un patio con jardín, el piso de abajo y el de arriba donde está el dormitorio y el despacho de trabajo del Chani, donde está el sofá cama, donde a veces duerme, y donde a mí me gusta mucho echarme. Pero antes de subir, cuando se viene de caza hay que pasar por la ducha. De ella no te libra nadie por más que te hagas el remolón. Y a veces no solo me lo he hecho, sino que he protagonizado fugas y escarceos. No te vale. Al final Mari me captura o pide la ayuda de él y acabo bajo el agua. Que reconozco que está calentita y que luego se siente uno de lo más a gusto y que te secan, y si hace, como hoy, frío, pues hasta te ponen una manta por encima y se duerme mucho mejor. Pero que por mi pie no voy a que me remojen, ni con caliente en invierno ni con fresquita en verano. Yo al agua del río, de un pantano o del mar me tiro de cabeza en cuanto la veo, pero que me enchufen un chorro no me gusta pero que nada.

Pero luego se siente uno bien, eso es verdad, y duchado y calentito me entró la soñera, que cada vez duermo más, me descuido y estoy dormido, oye, y fue llegar al piso de arriba y caer allí rendido.

Lo malo ha venido hoy. No sé qué parte del cuerpo no me duele. La pata está aún más hinchada y me rilo de atrás, los cuartos traseros siempre han sido mi debilidad. Esta mañana al bajar el Chani para irse al trabajo he querido bajar yo también. Y me he caído medio rodando por la escalera, me he pegado la costalada contra la pared del final del tramo grande y he salido retorcido y trastabillando del de abajo. La leche, ¡con lo templado que cogía yo esa curva y lo pimpante que me encaminaba por el salón hasta la cocina! Subir aún subo, aunque al final en algunos tramos y algunos días que vengo sin fuelle me canso, pero bajar es que me empieza a dar un cierto miedo. Habrá que hacerlo con cuidado.

Pero es que hoy, después —eso sí que no lo perdono por más dolores que tenga— de compartir el desayuno: melón, pan con aceite y chupar el platillo y apurar la miel que queda en el fondo de la taza de té, no podía ni levantarme del cojín del salón. Y me ha venido encima el recuerdo de cuando me pasó algo tremendo, siendo un perro en lo mejor, que casi me muero y a punto estuve de quedarme inválido total. Fueron unos dolores cada vez más seguidos y fuertes y las articulaciones tan hinchadas que ni las podía doblar. De atrás no me sostenía. Iba a levantar la pata para mear, y al suelo. No podía ni tenerme pino. Entonces él me tuvo que llevar de aquí para allá en brazos, y subirme y bajarme al piso de arriba. Pero ya lo contaré cuando toque, que lo pasé pero que muy mal y me trae pésimos recuerdos. Y me preocupa esto de los cuartos traseros, que yo siempre he estado un poco tocado de atrás. Primero de cachorro fue una cosa, displasia, pero pequeña y se quedó en casi nada, luego vino lo de aquella enfermedad, y ahora esto. Estoy en un susto, pero tengo ganas de dormir. Para mí que lo de hoy no va a ser igual, que esto es como otras veces el palizón de ayer, que durmiendo, buscando una postura panza arriba y que se descanse esa parte y se desagarroten los músculos me sentiré luego mucho mejor y cuando me despierte tendré ya ganas de mover el rabo.

Si ahora mismo ya en este duermevela y mientras les cuento hasta les diría que ya me voy viniendo arriba y a mejor. Mañana me pienso subir y bajar yo la escalera sin ayuda ni miedo ninguno, como un señor. Que no estoy todavía para eso de acarrearme. Ya no soy el de antes, ya digo, pero aún iremos a cazar, digo yo. No dejaría nunca de llevarme con él si supiera lo triste que me pongo, aunque luego me traiga alguna pieza y me la esconda por el jardín. Bueno, está bien y me divierte el juego y le perdono, pero no sabe lo malamente que he pasado el día. Así que digo yo que, aunque estoy viejo, aún me seguirá llevando. Por pedírselo no va a quedar. Y sé que el Chani me quiere, ya lo creo que me quiere. Y no sabe lo que me gusta que me acaricie. Yo me pasaría el día dejándome hacer caricias. De eso sí que no me canso. Pero lo que digo, yo creo que el Chani me quiere y me seguirá queriendo y aunque esté vejete iremos trampalanteando juntos. Que tampoco él sube ya las cuestas como antes, que ya le veo yo ratonerías para no subirlas a pecho. A lo mejor algún día vuelve a cambiar la

33

cosa y volvemos los dos a devorar las costeras y ende-
rezar para el Colmillo de Alarilla como una liebre de
esas que me dejan atrás. Aunque en cuanto «güilo»
que una lleva plomo, a esa no la pierdo de vista, a esa
le acabo echando el diente. Menudo he sido yo para
las liebres. Ya se lo contaré, ya. Pero ahora me vuelvo
a dormir, que me está entrando una soñera que para
qué. Seguro que sueño que corro detrás de las liebres.

Yo sueño mucho con las liebres.

# II

## YO NACÍ EN UN BAR

Pues iba a tener razón. Ya tengo ganas de mover el rabo y todo. Y las de comer no se me han ido. Sé que estoy algo gordo y que como cada día más, pero, ¿qué quieres?, siempre he sido muy tragón, el que más de la camada ya desde mamón, que me lo mamaba yo todo. Y ahora ya con la comida me estoy viniendo arriba. Ha vuelto el Chani de trabajar, lo he sentido llegar nada más entrar en la colonia y he salido al patio al trote y meneando el rabo para que me vea lo bien, lo garboso y lo contento que estoy.

Tengo todavía algún dolor y unas cuantas agujetas, pero ya me sé la postura para que esto vaya a mejor. No va a ser como la otra vez. Esto ha sido la paliza de andar, el golpazo en la reguera y el que casi me la pego en la escalera, que en parte me la pegué, pero me frenó la pared. De todas las maneras hoy no me han dejado subir y bajar. Me sube y me baja él en brazos, aunque luego por la tarde ya me he subido yo por mi cuenta y mañana me bajaré en un descuido. Bueno soy yo para eso y para coger carrerilla si el sofá es alto, como la trasera de este coche de ahora, que lo podía haber buscado más bajo, eso también. De mañana y con fuerzas, aún puedo. Al acabar la cacería, o me ayudan o no monto.

Pero el Chani no me va a dejar a mí en tierra. El Chani es el amo, mi compañero y mi amigo, que por las tres cosas lo tengo. Mari, su mujer, es la segunda al mando. Le hago caso, pero menos, pero es quien me da de comer, me cuida, me lava y, en muchas ocasiones, me pasea. Además, cuando el Chani se va de viaje es casi siempre quien se queda conmigo. Sí la quiero, y mucho. Pero si hay que reconocer que el Chani es otro punto, pues lo reconozco. Para un perro hay un jefe y nadie por encima. Y, además, es con quien voy a cazar. Y yo, ya lo he dicho, soy de casa, sí, pero, ante todo, de caza.

Al Chani le llaman de otras maneras, pero a mí me gusta Chani. Suena bien. Suena como a nombre de colega, de otro perro. Nos llevamos bien. Casi siempre, claro. Yo soy cabezón y él se pone nervioso a veces. Sobre todo cuando me voy largo y no le hago caso o me hago el sordo. A veces sí se ha cabreado mucho conmigo, sobre todo cuando me he largado por el monte y he acabado casi perdido o perdido del todo. Pero llegar a pegarme, como yo he visto que pegaban a otros perros, el Chani no me ha pegado nunca. Yo, por eso, respeto sí le tengo y sé que manda, pero miedo al golpe más bien poco, la verdad. Alguno, leve, sí me ha caído, pero hasta puedo contarlos. Porque cascarme solo me ha cascado, y ya digo que más ruido que nueces, tres veces en mi vida. Las dos primeras de pequeño. Una el día que me arreó una patada, porque estaba haciendo lo que quería en un coto extraño, que se pasó toda la mañana llamándome y detrás de mí y yo perdiéndome de vista y destontonando toda la cacería. No fue muy fuerte, pero primero me sacudió con la mano y luego me pegó la patada. Aquel día sí que me asusté con los golpes y aún más con el tono y los gritos y menos mal que se contuvo, pero estaba ya fuera de sí. Luego lo pasó mal y en casa a la vuelta se le notaba a él más compungido que a mí.

Antes sí que me había sacudido el pelo otra vez. En el culo y con una varita de mimbre. Bueno, es que yo le había dejado el jardín hecho un cristo cavando hoyos. Me sacudió con la vara y me metió a la caseta del patio. Una que construyeron para mí en la casa donde nos fuimos a vivir a los pocos meses de estar yo con ellos y en la que no habité jamás. Tiré para adentro y para el primer piso en cuanto pude y se acabó la idea de dejarme en el patio. Allí solo estuve cuando fui cachorrete y castigado. Era mi cuarto de castigo y hasta hace unos años, que finalmente la tiraron, se la seguía llamando la «caseta del Lord», pero el Lord no durmió en ella ni una noche siquiera.

Estuvo en un tris el día que me aficioné a la minería a cielo abierto en el jardín y el Chani me sacudió en el culo con la vara y me metió en la caseta con la prohibición estricta de salir, aunque no tenía puerta. Yo temblaba de miedo y ni se me ocurría asomar el morrete fuera. No sé el divino tiempo que pasé allí y ya pensaba que allí iba a tener que dormir porque de vez en cuando pasaba cerca el Chani y era para regañarme más. Pero a eso del atardecer vino, y yo, temblando, me arrastré y puse ojos de mucha pena y al final me dejó salir de la caseta y me metí como un rayo para la casa. Y ni una más. La caseta, ya les digo, la siguieron llamando «del Lord», pero que yo no puse allí ni una vez más las patas también es verdad. Al final la tiraron, claro.

La última vez que me llevé un golpe, eso hace ya menos tiempo, fue un día que había gente comiendo en casa y yo pues a lo mío, a pedir comida. Y al final se hartó y me quiso echar a la calle. Yo entonces solía acurrucarme en un rincón, pero al final obedecía y acababa en el patio. Pero esta vez me dio porque no y me metí debajo de la mesa. Y entonces él me quiso sacar a rastras. Estaba nervioso y yo también, y no sé cómo, entre el nervio, la cabezonería y el susto hice como que le tiraba un bocado. Que no fui a morder, que jamás le mordería yo a él, que jamás le he tirado ni le tiraré yo un bocado a una persona y aún menos a él, a él nunca, pero le marqué los dientes en la mano. Que no apreté, que fue gruñirle, sí, y marcar y ya estaba aterrorizado de lo que había hecho.

Pero, ¡coño!, la cosa sí que se puso mal y yo sabía que lo que había hecho era muy grave. Me dio una zurra. Bueno, no exagero, fueron más voces que los azotes. No me acuerdo muy bien, me parece que fue con algo que hacía ruido, con periódico enrollado o algo así. Pero sí cobré. Y luego me dejaron fuera. Lo mismo que cuando los hoyos, pero peor. Porque yo sabía que había hecho algo mucho peor. Jamás lo hice y nunca más lo he vuelto a hacer. Fue algo que me salió en un repente, sin querer. Pero que quede claro que no le mordí, que no quise morderle, que aquello no fue morder, que fue como la patada que me dio de jovencillo, que no me la dio del todo ni con fuerza. Que él sabe lo que es dar una patada y yo sé lo que es morder una pieza y clavar el diente y ni el me dio de verdad la patada ni yo el mordisco. Y la zurra, pues tampoco, que más bien fue para la galería. Me pasé la tarde castigado, pero después de mucho poner cara de eso, de perro apaleado, que tan bien sabemos poner los perros, y con la intervención de Mari por la noche, ya estaba perdonado y yo no sabía qué hacer para demostrar lo contento que estaba y lo bueno que iba a ser en todo, que a cualquier voz estaba yo donde él dijera y como un clavo. Por lo menos aquella noche.

Y esas fueron las tres veces en que he sentido su mano, de la que la siempre he esperado la caricia, convertida en algo duro, en golpe, durante todos los días de una vida que llevamos juntos. Desde aquel día que vino a por mí al bar. Porque yo nací en un bar. En un bar que se llamaba Los Morales y estaba en la calle Vallehermoso de Madrid. Era de Enrique Morales de Luzaga (Guadalajara), paisano de mi amo, cuyo hermano tiene otro bar que se llama igual en Francos Rodríguez al lado de la Federación de Caza. Yo nací en la trastienda, entre vituallas y botellas, y fui el más mostrenco de la camada y, también, cosas de la genética y de la tatarabuela con amoríos ingleses, el único de mis hermanos de talla más grande y de capa muy blanca, con unos cuantos manchones marrones solo, y con el pelo más sedoso que mi raza.

Nací en el bar y llevaba a mi madre empezada de tanto que le mamábamos mis hermanos y sobre todo yo cuando el Chani vino a por mí. Para entonces ya me habían cortado el rabo, pero no me dejaron colín, sino que mantuve un trozo para que pudiera moverlo a gusto. Lo hacen para que no nos enganchemos tanto en broza y zarzas. Otros dicen que es malo. No sé. Yo desde pequeñito he tenido que conformarme con un cacho. Me ha valido para levantarlo en señal de poderío o para salir con él entre las piernas cuando menester ha sido.

Lo de ir a parar al Chani tuvo que ver con su amigo vasco Manu Leguineche, el gran escritor y periodista, que se ha asilado a la Alcarria. Vivió primero en La Mata (El Cañizar) y ahora lo hace en Brihuega. Mi amo lo quiere y admira. Dice que es su maestro en periodismo y en buena persona. Manu y él ganaron una partida al mus y de resultas tenían derecho a dos perros de la camada de Morales el de Luzaga. Y cuando parió la perra, Manu, que estaba en una de sus guerras, por Belgrado, la primera que iba a bombardear la OTAN, no se sabe cómo se enteró, pero lo llamó por teléfono desde Yugoslavia, que se llamaba entonces, y le dijo:

—Ha parido la perra del Morales. Vete por el bar, elige uno y apártame el «guarín» a mí antes de que nos los levanten.

Mi amo apareció con su mujer, Mari, una señora

muy alta y de muy buen ver que en el bar Los Morales siempre pedía una caña y una ración de oreja a la plancha, que Enrique la hacía divinamente. Al Chani le va más el vino para acompañar la oreja, que también le gustaba mucho.

El Morales había sacado ya algunos de mis hermanos de la camada y los había vuelto a meter y en una me cogió a mí y me puso en la barra del bar, para que me vieran las trazas, aunque yo no paraba de resbalarme y caerme de culo, que solo tenía tres semanas y las patas muy blandas. No había manera de dar un paso en aquel piso por el que se te escurrían todas las patas a la vez. Pero el Chani en cuanto me echó la vista encima lo tuvo muy claro. No quiso ya que el Morales sacara a ningún otro de mis hermanos.

*Quiero a este blanco mostrenquete.*

Y me llevaron para su casa. Entonces vivían ellos en un apartamento. El pacto era que dormiría fuera de la habitación donde estaba la cama, pero eso ya se incumplió la primera noche. Me había preparado una caja de donde no pudiera salirme, habían puesto ropa blandita y estaba aquello calentito, pues la habían pegado a un radiador. Hasta un artilugio que les habían dicho que me calmaría y que hacía tic-tac, tic-tac, habían puesto. Pero iban listos si pensaban que yo me iba a quedar allí. Echaba de menos a mi madre y a mis hermanos, estaba solo, tenía miedo y solo podía hacer una cosa: gemir y gemir, llorar y llorar. Y arañar la caja de cartón.

El Chani aguantó como una hora y luego ya no pudo más. Me cogió y me llevó con él a la cama. Me colocó encima de su barriga y aquello ya me pareció otra cosa. Allí se oía de verdad el latido de un corazón como el de mi madre y pudimos dormir los tres. María, mi ama, el Chani y yo.

Pero lo que yo creí conquista consolidada no lo era. A la noche siguiente, sin caja-prisión, eso sí, volví al suelo y a un cojín. Lloré, claro, pero ya con menos entusiasmo, y en algún momento, como en realidad ya no tenía miedo y estaba cansado de todo el día de trastear por el apartamento y con la tripa llena de leche, que no había faltado en un plato que ponían en la pequeña cocina, pues me dormí.

Pero yo ya tenía cogida la gusa de la cama. Así que una noche tras otra lo intentaba. Pero era alta y no podía subir. Por el lado del Chani ya vi que no había apoyo y sí firmeza en la negativa. De ahí ayuda no podía esperar. Así que me iba por el lado de ella y allí gemía un poquillo y hacía como que quería subir. Hice un par de intentonas inútiles, pero insistiendo al final lo conseguí. Cuando el Chani ya estaba traspuesto, la Mari me empujó del culete y, ¡hala!, arriba. Pero tapado de su vista y de extranjis. Así que tenía que estarme quieto quieto. Eso es lo que me decía el ama.

Pero yo me fui recorriendo y a la mañana aparecí donde quería. Panza arriba y entre los dos. Hubo un momento de tensión al ser descubierto, pero al Chani le dio por reírse de la escena y ya supe que el territorio había sido conquistado definitivamente. Eso sí, hubo acuerdo en que tendría que dormir en los pies. Lo acepté en apariencia y esperé mi oportunidad. El Chani parecía duro, pero yo sabía que era pura pose y que a nada acabaría por tragar.

Lo que pasaba es que quería hacerse el firme con Mari, pero un día que nos quedamos solos se rindió. Y cuando Mari volvió un poco de sorpresa nos pilló a los dos, tumbados en la cama y comiéndonos un pollo mientras veíamos la tele. Bueno, de la tele yo solo oigo voces y ruidos, pero el pollo nos lo tripeamos a medias y a mano. Él arrancaba una tira para él y adentro, y luego otra para mí y al buche. Cuando ella descubrió la escena ya no hubo reproches. La cama había sido conquistada.

Pero es que yo también he sido desde siempre muy limpio. Desde cachorrillo, casi desde el primer día de estar allí, ya aprendí dos cosas del apartamento. Dónde tenía que hacer mis cosas: en unos papeles en la terraza, y también a pedir que me abrieran cuando tenía ganas y dónde ponían un platillo de leche por la noche. Allí me iba yo, bamboleándome, que entonces tenía las patas casi peor que ahora y me tropezaba con todo, y a lametones me ponía tibio. Lo malo es que después de la descubierta si no me ayudaban ya no podía volver a subir a la cama, tan mullida, y tenía que dormir en mi cojín.

Así anduve hasta que fui teniendo ya patas o, mejor dicho, aprendí a manejarlas. Cuando tuve un par de mesecillos descubrí que tomando carrerilla y un poco en oblicuo podía saltar mejor y, tras algunos intentos fallidos, me hice con la técnica y entrando desde el salón en un ¡zas! estuve arriba por mis propios medios. Entonces yo era un chavalillo espigado y no me pesaba nada el culo.

Ahora no me pesa, pero ya no puedo ni subir una escalera. Es lo que pasa en esta vida perra o perra vida, que a mí me da igual que me da lo mismo decirlo de una manera o de otra, pero que de las dos he de reconocer que ha sido buena y que les sigo contando.

# III

## MI CASA Y MI PRIMERA PERDIZ

El Chani siempre ha dicho que le tengo que durar más que la hipoteca. Para eso tengo que cumplir los quince. Porque ellos vivían en el apartamento y el mismo año de llegar yo, a los pocos meses, se cambiaron, nos cambiamos, vamos, porque ha sido mi hogar tanto como el suyo, a una casa con patio, un pequeño jardín y dos plantas en una pequeña colonia de esas que perviven en Madrid. Había sido su gran ilusión y pudieron conseguirlo, aunque para ello se tuvieron que hipotecar hasta el cuello y para quince años. El amo, en estas cosas, siempre ha sido mucho más cobardica que ella, pero como tenía claro que no quería piso, «un agujero en el cielo», sino pisar tierra, se embarcó en el lío. Un vecino y su mujer, Raúl y Natalia, que él es periodista muy nombrado y son como de la familia, que tienen una muy parecida al lado, fueron los que los pusieron en la pista. Tenían, por cierto, un perro, Prince, un *golden retriever*, ya mayor, con el que yo jugaba por aquel entonces. Pero hace mucho años ya que Prince no viene y, cuando he ido por su casa, ya no está. Me aguantaba todo.

Pero voy con lo de la casa. La compraron y había que arreglarla. El Chani fue una vez a verla y dijo que volvería cuando estuviera lista para vivir en ella, y Mari —había dejado su trabajo de azafata antes de llegar yo— fue quien se encargó de las obras. Por la noche discutían en el apartamento. Ella que quería hacer más cosas y él que decía que no había más dinero. Se enfadaban y yo pensaba qué iba a ser de mí. Entonces lo que solía hacer, y sigo haciendo, era ponerme al lado, acurrucadito, del que me parecía que iba perdiendo, o sea, del que menos gritaba. Es algo que se ha convertido en costumbre siempre que hay voces, porque, claro, más de una han tenido y seguirán teniendo. Pero muchas veces, como la primera que pasó, y al verme asustadito a mí, se quedaban mudos y se empezaban ahora a echar, pero ya bajando la voz y en otro tono, la culpa por asustarme.

—¿Ves lo que has hecho por gritar?

—También has gritado tú.

—Pero menos, porque mira a quién se arrima el perrillo.

O sea, que me convertí en la balanza de quién gritaba más o menos en las discusiones. Y en un buen antídoto, porque aquello solía dar paso a la risa y alguno de los dos, que no tienen hijos, decía:

—No tengas miedo, Lorote, que no te vas a quedar huérfano.

No sé si es mucho presumir, pero para mí tengo que más de una vez he salvado yo los muebles y logrado que uno de los dos, mayormente el amo, que es más explosivo aunque luego no es nadie y quien acaba cediendo, no haya cogido el portante.

La casa, mi casa, me gustó desde el primer momento. Vamos, que siendo un cachorrillo y cuando iba con Mari a ver los trabajos yo ya sabía que andaba en lo mío. Y un día, mejor dicho una noche, por fin nos trasladamos.

Pero qué sustos pasé toda aquella jornada. Aún se me eriza el lomo al recordarlo. Porque del apartamento llegaron unos hombres desconocidos y se fueron llevando cosas. Todas, y al final ya no quedaba nada. Ni mi cojín siquiera, y allí me quedé yo solo y encerrado. «Aquí me dejan», pensé. Tenía ganas de salir corriendo, como aquel día que encontré la puerta abierta y tiré escaleras del edificio arriba hasta que el Chani, resoplando, me dio alcance ya por el octavo piso y un señor que bajaba le dijo, cuando vio que en vez de enfadarse se reía por mi escapada mientras me cogía en brazos:

—A los bretones siempre con cariño. A las buenas lo que quiera, pero no se le ocurra pegarle porque a las malas lo único que se hacen ellos es malos. Pero con cariño no hay mejor perro en el mundo.

Pues abandonado en aquel lugar vacío donde se habían llevado ya hasta el platillo de la leche. Cuando después de mucho rato se abrió la puerta y entró el ama, me fui hacia ella como un poseso de contento y hasta se me soltó un poco el pis de la alegría. Y nos marchamos para la que ha sido mi casa durante todos estos años. Me pareció enorme el patio, y el jardín y aquella caseta de la que les he hablado que me tenían destinada, y toda la planta baja, con una chimenea y todo, donde no hay cosa que más me guste que echarme al calorcillo justo en un sitio, al costado derecho, que es donde mejor se está y que tengo muy bien estudiado. Al primer piso subí más que al paso y al dormitorio donde, por supuesto, dormí desde la primera noche. Que encima tuvimos que hacerlo solos el ama y yo porque el Chani se tuvo que marchar de improviso de viaje. Y aquello todo eran ruidos nuevos, porque en la colonia apenas si pasa un coche, pero se mueven los árboles y hay pájaros y gatos y se oía a la gente pasar andando y los coches, muy pocos pero casi al lado, como si te fueran a pillar con su rugido. Yo ladraba, claro, para avisar y dar la alarma. Total, que ni la Mari ni yo pegamos ojo. Pero la casa me gustó mucho y me gusta. Aquí sigo. Tumbándome a la fresca en el jardín o en la planta baja y al calorcillo de la chimenea y en el sofá durante el invierno. Es mi territorio y bien que lo saben el resto de los perros. Aquí yo soy el dueño.

Y desde aquí es desde donde salí por primera vez a cumplir con mi trabajo y ejercer mi verdadera vocación y la pasión de mi vida. Soy perro de caza, ya lo he dicho, perro de un cazador y a mucha honra de los dos, que a nosotros a querer el campo y la naturaleza no nos gana nadie. Menudas las peloteras que le tengo oído montar yo por eso al Chani. Y que se sepa además que en esto yo de acuerdo con él en todo.

Fue a boca de cumplir los cinco mesecillos cuando me llevó de caza por primera vez. A un lugar que iba a ser luego uno de mis cazaderos favoritos y habituales. Se llama El Cerrillar y en él me he estrenado en muchas cosas. Es un finca preciosa, con labor, monte y agua, sobre el río Dulce, sobre los cortados de piedra viva y las cárcavas, donde filmaba Félix Rodríguez de la Fuente (allí he cazado y campeado yo, que lo sepan) *El hombre y la tierra*, en término de Aragosa, no muy lejos del pueblo natal del amo, el mentado Bujalaro. Su dueño era Jesús Villaverde, un gran amigo del Chani, pero amigo de los buenos y contados. Digo «era» porque al Jesús, el padre, es a otro de los que perdí el olor hace ya muchos años. Algo pasó, y no bueno, porque pude sentir la pena de mi amo en alguna ocasión y cuando ahora hablamos, y nos encontramos a Jesús el joven, a quien conocí de niño, un chavalín y ahora ya todo un mozo, yo notaba que los dos hablaban del otro, de Jesús el de la primera vez que yo fui a cazar en mi vida. Entonces Jesusín era un crío y una vez estuvo a la muerte porque montando a caballo uno le cayó encima. Que mal la pasaron. Pero salió vivo y menos mal que sin secuelas, porque estuvo en un suspiro de quedarse paralítico. Como yo lo iba a estar no mucho después.

Jesús, el padre, tenía entonces un criadero de perdiz, faisán y codorniz y antes de que se abriera la veda soltó unos manojos de estas últimas para ver cómo me portaba. Y los dejé a cuadros cuando empecé a seguir las pistas y a hacer muestras. Las levantaba, pero lo que no sabía era qué hacer con las que caían. Yo las encontraba, pero ¿y entonces? El amo logró lo esencial, que las llevara. Pero ya aquel día comprendió que conseguir que las entregara en mano iba a ser mucho pedir.

En mi descargo he de decir que estuvo claro que yo apunté maneras y muy buenas. Pero el problema es que amo y perro hemos ido aprendiendo juntos, porque él no era, para nada, un veterano. Había cazado bastante, pero sin perro. Con perros se crio en su niñez de niño de pueblo, con un mastín que le cruzaba el río Henares montado en el lomo y con una galga que se llamaba Silba, pero luego en las ciudades ya no los tuvo hasta no tener una casa baja, que decía que para tener en un piso a un perro mejor no tenerlo. Por lo menos, uno de caza. Que algunos lo tienen y tan bien, pero cada uno es como es y el Chani de esta manera. Muy tardano en algunas cosas. Por ejemplo, en esto de tener perro o en lo de conducir un coche, que hasta hacía nada no se había puesto ante un volante. Yo creo que si se sacó el carné fue también porque ya tenía pensado venirse al monte conmigo.

O sea, que hemos aprendido juntos y que mis defectos y mi fallos vienen a ser los suyos. Para la codorniz podía yo haber sido un fenómeno, pero ya entonces empezaron a escasear y apenas si me llevaba. Y luego, que les daba a menos de las que debía y eso culpa mía no es. Ni me la ha echado nunca, es justo decirlo. Puede que baje menos de las que debiera y no haga todo lo necesario para enseñar a un perro, pero de mal cazador nada, que mejor no lo he podido tener conmigo y otras cosas bien buenas tiene. A ver a quién le escriben libros, ¡anda!

Pero, bueno, en lo que estaba. Que aquello de la primera codorniz fue una emoción enorme y ya supe que era para lo que yo, un *épagneul breton*, había nacido. Lo supe para siempre y de todas las cosas que he hecho en mi vida es en la que he puesto toda mi pasión y mi sangre perruna. Desde aquel día en El Cerrillar, yo ya lo único que estaba deseando era volver a salir al campo, y ya en el campo, al lado de mi amo, ponerme a buscar rastros. Si además lo encuentras, lo sigues, lo persigues, lo levantas y lo cobras, ya no le cuento lo que es eso. Pero para ello y para comprenderlo bien del todo, para eso, lo siento, hay que ser perro.

Después de las codornices primeras yo entendí que aquello sería ya algo de continuo. No tenía idea yo de lo de las vedas. Y cuando pensaba en que cualquier día volvería a cazar, lo que tuve que pasar fue por uno de los disgustos y de los momentos más terribles de mi vida. Me vi abandonado.

Estaba yo tan a las anchas en mi casa, había llegado el buen tiempo, iba espigando de cuerpo y estaba ya con mis ocho meses hecho todo un mocete cuando sobrevino la catástrofe. Casi no quiero ni acordarme. Un día mis amos me cogieron en el coche y me llevaron. No me sonó ni a Bujalaro ni a El Cerrillar ni a ningún sitio habitual. En el destino empecé a oír ladridos de un sinfín de perros. Cada uno estaba en una especie de cobertizo con una caseta de obra al fondo y en uno de ellos me metieron. Y ¡se marcharon!

Tres días y tres noches los estuve llamando. Comer, eso sí, no dejé de hacerlo, y al cuarto ya me decidí a callarme y darlos por perdidos. Pensé que me habían dejado allí para siempre y que tendría que hacerme a lo que había. O sea, que jugué con otros perros, corría cuando nos sacaban a los paseos y me aprendí muy bien las horas del rancho.

Casi hasta los había olvidado del tiempo que había pasado o es que no me podía creer que habían vuelto, pero cuando de golpe otro día reaparecieron yo me quedé como una estatua, inmóvil, como alelado, hasta que al oír la voz del Chani, salí hacia ellos como un torpedo. Me abrazaron mucho, no dejaban de acariciarme y decirme cosas y después de hablar con el hombre que me había dado de comer y sacado de paseo, ya en el coche de vuelta, se juramentaron. Nunca más me iban a dejar solo. Lo dijo Mari y lo ha cumplido. A veces sí que me he quedado, muy pocas, porque ella después de su tiempo de azafata no es que sea una apasionada de los viajes. Alguno sí que se ha perdido por mi culpa y cuando sí lo ha hecho, yo me he quedado ya siempre en nuestra casa al cuidado de alguien, pero en casa. Y en casa yo sabía que ellos volverían. Aquel día, al regreso, casi vuelvo a hacer hoyos en la tierra del jardín de lo contento que estaba.

Pero pasado el susto yo lo que estaba esperando de una vez era a ir de caza. Y fui, pero esta vez ya supe que en el fondo lo de las codornices, y más aún aquellas con olor a pienso, era cosa de nada. Que las emociones fuertes empezaban a partir de ahora. Y que la más fuerte de todas se llamaba perdiz roja.

El Chani gusta de ir a Bujalaro, su pueblo, el primer día de apertura de la veda, que salen todos en tropel, presuntamente organizado, de hombres y perros, y dan una mano enorme, desde los Yesares, subiendo a los Baldíos, y cruzando toda la llanada de las Alcarrias para bajar luego por la Fuente del Puerco en dirección a Henarejos, ya próximo al río, para rematar por la Huelga y el Alto del Molino Viejo antes de llegar al chiringuito donde comen y se cuentan cada cual la suya. La mentira, digo, de primer plato, y la excusa, por el fallo pregonado, de postre.

Yo estaba todavía muy tierno y la mano que dan es de muchos cazadores y no sé cuántos perros. Así que se decidió, más fue Mari, que por la mañana no iría. Que a lo mejor por la tarde y ya por nuestra cuenta.

Y sí. Después de comer vino a por mí. Se había dejado una perdiz alicortada y pensaba que horas más tarde a lo mejor daba yo con ella. ¡Toma ya! Novato y en misión imposible. Fue en los Yesares, un terreno duro y áspero como pueden imaginar por el nombre, y donde el sol le saca brillos a las lascas de yeso cristalizado que asoman en el suelo. Desde luego, por donde él decía no quedaba efluvio alguno de la patirroja ni había perro en el mundo que lo encontrara. Menos aún un cachorro que no había cumplido los ocho meses. Y además, la perdiz podía estar ya en otro término municipal. Así lo entendió y ya dimos una vuelta de verdad y a ver si había alguna descolgada de los bandos mañaneros.

Y entonces fue la mía. Supe que era perdiz en cuanto me dio el olor, aunque no hubiera olido una en mi vida. Íbamos por una costera y allí que pillo el rastro, me pongo en guardia, marco, sigo y, cuando ya la tenía cerca, tanto que me iba a quedar inmóvil, en posición de muestra, se arranca y sale volando. Oigo el tiro, nunca me asusté de los tiros ni de cachorrillo, y la veo caer. Me fui brincando como un poseso por las aliagas y allí que la encontré. Había caído seca. Pero aún revoloteaba cuando me la puse en la boca, sin machacarla, con mimo, aunque era la primera que mordía, y enfilé hacia arriba, hacia el Chani, que me esperaba en lo alto de la loma, como el perro de raza que soy, como un lord.

¿Y el Chani? Qué decirles, como un pavo.

# IV

## LOS CAZADEROS DE MI MOCEDAD

Bujalaro, su pueblo natal, que fue nuestro primer cazadero, siguió siendo un destino habitual sobre todo los primeros años y luego no hemos fallado ninguno aunque fuera por dar una vuelta. No tiene mucha caza, pero sí un paisaje en el que mi compañero se reencuentra. Yo sé que allí él recobra fuerzas y que muchas veces, cuando recorremos aquella tierra, por las alcarrias, dando vista a los robles alineados de Henarejos, Narejos que lo llaman para abreviar, o, sobre todo, por encima de la cueva de Nublares, él está como en otro lugar y hasta en otro mundo, pero allá donde esté, yo sé que le acompaño.

Allí está su casa familiar, la de sus padres, donde él se crio de niño, hasta los nueve años, y está su familia, la mayoría de los compañeros de caza son sus primos o compañeros de la escuela, el Fran, el Luis, el Moreno, el Peralta, el Largo, el Pequeño, el Ricardo, el Pachín y no sé cuántos más. Tiene allí muchos recuerdos y casi todos buenos. Se nota un cariño hondo, ese que no hace falta decirse, pero ese lo percibimos muy bien los perros. El pueblo es pequeño, pero el paisaje grande, ya digo, y la plaza, la del ayuntamiento, flanqueada por la iglesia, la escuela y la ermita, es suya. Bueno, que se la tienen dedicada. Un día posamos ante la placa juntos: *Plaza de Antonio Pérez Henares. «Chani».* Es de lo que más orgulloso se siente y lo dice aunque no debiera. Siempre ha sido un poco fanfarrón. Pero sé que esto le emociona y recuerda que en esa escuela aprendió a leer y escribir y en esa plaza se enamoró y le dieron calabazas amorosas por vez primera. Que eso no se olvida nunca.

Pero sobre todo Bujalaro ha sido de cazar los dos solos y toda la tierra por delante. A las manos grandes del primer día de la veda no sé si llegué a ir alguna vez. Demasiado tumulto. En Bujalaro buscábamos la soledad compartida y la libertad. Al principio íbamos a veces a la media veda, pero luego era en algunos días de invierno cuando más nos dejábamos caer por allí. La cosa tenía que ver algo conmigo y lo sé. Su padre, un viejo labrador que marchó a la emigración, tiene su forma de tratar y entender a los perros. Digamos que a la antigua. El que yo durmiera en la habitación y no en la cuadra lo aguantaba, pero gustarle le gustaba poco y el soltar la mano y un pescozón duro era algo también habitual. No era cuestión, eso tampoco, de imponer tus hábitos a los demás. Y por ello yo vi que nos retraíamos de ir y que acudíamos más a gusto cuando la casa, en invierno que sus padres marchaban al piso de Guadalajara, estaba vacía.

Entonces sí que disfrutábamos los dos, en soledad compartida y en libertad, que es como ambos hemos sabido entender mejor nuestras andanzas y cazandangas.

Pero Bujalaro siempre tiene para mí una emoción añadida. Mi primer cazadero, mi primera pieza salvaje, aquella perdiz, y tal vez sea donde cobre mi última pieza. Me gustaría que así fuera. Cómo me gusta volver a El Cerrillar. En ambos lugares me parece recuperar en cierto modo mi mocedad e incluso aquellos tiempos de cachorro que casi se me han olvidado ya, aunque cuando estoy contento aún a mis catorce años hago ese gesto de juego infantil de agacharme hacia delante y mover todo lo que puedo el rabo esperando que me tiren una pelota o una zapatilla, qué más da.

De las caminatas de aquel primer año por Bujalaro ya se me quedó todo el término bien grabado en la memoria. Nos gustaba comenzar a cazar desde el alto de Nublares, sobre los cortados y los riscos que cobijan la cueva y el viejo poblado prehistórico que una vez hubo allí, que duerme bajo los tomillos y del que los conejos al excavar sus madrigueras hacen salir trozos de cerámica milenaria. Bajamos luego por su empinada costera o por el mismísimo camino de la cárcava que él tanto ha recreado en sus escritos para llegar hasta la orilla del río Henares. Después, aguas arriba para acabar por volver de nuevo a las cuestas de los Yesares, cruzar por la Salia hacia Peñas Rodadas y por ellas, donde hubo otro poblado en el alba de los tiempos de los hombres, hasta la Huelga y los Quintos y meternos desde ese lugar hacia la parte baja de Narejos. El otro recorrido era empezar en el viso de las Alcarrias con el Tallar y el Monte, donde él siempre se detiene un rato y me hace contemplar todo el valle hasta la sierra del norte, allá a lo lejos, cerrando el horizonte, para acabar diciendo una vez tras otra lo mismo que ya me sé de memoria y hasta cuándo lo va a decir: «Mira, Lord, el lugar más hermoso de Bujalaro y el más hermoso de todos los paisajes del mundo en mi corazón. Aquí siempre volvemos». Luego recorríamos, dando vista al llano de la Alcarria por un lado y a la ladera, por el otro, toda la «cuerda» hasta la Fuente del Puerco para desde allí bajar hacia la del Piojo o la del Tejar. Al final rematábamos en la del Chorrillo, que lleva seca ya muchos años, cerca de la cual hay un corral de ganado que es suyo y al que mira con pena el tejado que se cae. Todo aquello es el robledal de Henarejos, con los viejos y grandes árboles alineados, custodiando los pedazos labrados y señoreando los altozanos sin cultivar, territorio de las aliagas. Por allí íbamos a perdices y a liebres. Los conejos casi han desaparecido y no habré olido ni media docena por aquellos andurriales en toda mi vida. Pero liebres aún veíamos alguna a pesar de los galgos del Juanito, pastor y primo y que mientras tuvo el rebaño no dejó de ir con ellas... y con los galgos. Pocas libraban, claro. Pero el Chani no se metía con él por ello. Es más, buscaba encontrárselo y compartir un trago y un cigarro. El Juanito, eso sí, procuraba que yo no tuviera incidente con sus perros.

Liebres, pocas, pero alguna aún quedaba como en

el otro cazadero de aquellos tiempos, El Cerrillar, donde seguíamos yendo a pasar el día con Jesús, el padre, que disfrutaba más aún que el Chani con mis muestras. «¡Qué perrillo, Chani, qué perrillo. Una joya». Para Jesús Villaverde todo aquello que le gustaba era una joya. Buen hombre, Jesús. Sus antepasados fueron tratantes de mulas y él heredó la bis comercial y se dedicó al trato con tierras, se hizo rico y consiguió su «joya», El Cerrillar, donde siempre estaba haciendo cosas: un pabellón de caza, una plaza de toros, un criadero, voladizos, no sé qué de cerdos, luego vacas y todo un poco revuelto. Pero para el trato de fincas era un águila y tenía más vista que los buitres que anidan en el vecino cañón del río Dulce para echarle el ojo a un negocio. Buena gente, Jesús, muy buena. Caza no es que tuviera mucha, a pesar de sus esfuerzos. Repobló conejos, que se dieron bastante bien en unas tiras donde yo me especialicé en sacarlos, la perdiz pareció que repuntaba, pero fue un espejismo, y en cuanto a las liebres que tanto me gustan, pues eso, como en Narejos…, alguna había.

Pero mi fama y afición a las liebres no vino ni de Bujalaro ni de las lomas y los valles de El Cerrillar. Vino de Monte Arriba, el gran cazadero de mi juventud donde yo creo que como perro de caza y con el Chani hemos pasado los mejores y más recordados momentos. Aunque Bujalaro por una cosa y El Cerrillar por otra, y una más que tengo que contarles aunque me dé un algo de vergüenza por ser cosa íntima, son siempre por aquello de la iniciación y del sentimiento puntales de referencia.

Pero vamos a las liebres. Estaba yo para cumplir el año, apenas había hecho mi primer aprendizaje con el Chani cuando llegó el momento de tomarnos aquello de cazar más en serio.

Él había estado buscando coto y tenía previsto entrar en el de unos amigos. Pero estos se vieron envueltos en uno de esos follones con parte de la gente del pueblo que tenían arrendado y, con mucha sinceridad y generosidad, le dijeron que mejor esperase antes de meterlo en su avispero. Al año siguiente lo llamaron y comenzó a formar parte de esa cuadrilla con la que a día de hoy sigue teniendo amistad y contacto. Y en la que yo gané mi buena fama de cobrador de pluma y, mejor aún, de lebrero.

El Chani entró, como digo, en una cuadrilla de amigos, muy buenos cazadores y mejor gente, los hermanos De Grandes, Agustín, Luis y Lorenzo (y un embajador que venía del ciento al viento, que se reía hasta cuando lo secuestraron en Lima y les hablaba a los perros en árabe, el tipo más divertido que he conocido en perruna vida, Cocote le llaman), el Joyas, Cristóbal el Maestro, Adolfo, Álvaro, Juan Barrado, el Ruiz, el Larriu, Cesáreo, Ansuategui, Manolo y si de alguno me olvido que me perdone, que uno no tiene más que una memoria canina, ustedes me entienden.

En general, a mi amo y a mí, aquellos tipos y sus perros nos daban cien vueltas cazando. Las cosas como son. Más al Chani que a mí, si hemos de ser justos, pero es un colega y las bondades y los defectos han de ir a medias siempre.

Juan Barrado era todo un campeón, pero de los

probados, y el Joyas también era fino; Agustín hacía algunos tiros de fábula y Luis, Adolfo, Cesáreo y los demás tampoco tiraban mal y además fueron afinando. El Chani también, no se crean, que pronto dejó de ser el último y aunque no amenazó nunca a los punteros sí se codeaba por el centro y hasta tirando para arriba.

El coto era una finca grande, de más de mil hectáreas, que se llama Monte Arriba y está en el término municipal de Mohernando, a un tiro, de piedra de Guadalajara y a tres cuartos de hora de Madrid. La arrendaron por amistades de los De Grandes y hasta nos dejaron una casa donde se hacían las comidas, sobre todo el Maestro, que lo era como armero y también como cocinero, aunque había un plato, sus famosas y pregonadas «gachas manchegas», es oriundo de Albacete, que temíamos hasta los perros, una especie de engrudo que Juan, haciendo que estaba muy bueno, nos iba poniendo a nosotros para que lamiéramos y aquello resultaba un entripado hasta para un can. Se lo digo yo, pero por favor no se lo cuenten al Maestro, al que en esa cuadrilla queremos todos, hombres y perros, y en cualquier otro plato era un figura, que se bajaba el hombre a media mano, después de coger unas setas para dar mejor sabor, a preparar guiso para todos.

La finca tenía labor, tiras de monte, matorral y bosquetes. Muy buena para la caza y la tenía abundante. Fue una época dichosa. Los domingos cazábamos la cuadrilla y vino un perro, el Chuki, de Adolfo, que era un buen colega, un *drahthaar* con el que no

61

dejábamos un matojo sin mirar, pero un día ya no acudió, ni al otro, y se perdió su olor. Lo sentí, éramos competencia, pero era un buen tipo y teníamos más o menos la misma edad. Por lo visto y según comentaron, se comió un plástico y se desgració. El Chani no me dejaba después ni oler una bolsa. Con los otros de la cuadrilla me llevaba bien, pero sin confianzas. Bueno, con la Tosca todas las que ella quisiera. Los de Juan eran muy suyos, como perros de campeón, pero estaban siempre firmes y en primer tiempo de saludo. Los de los De Grandes siempre presumían de pedigrí. Los dos *drahthaar* de Lorenzo eran los más sociables y unos veteranos de los que aprender. Y con la Tosca de Cristóbal, lo dicho, lo que ella quisiera.

Pero voy a lo de las liebres, que me enrollo más que el Chani. Un día llevaba él —suele llevarla siempre, y más en su tierra, porque tiene o tenía fama de buenas piernas— la mano alta y yo era un mocete espigado y delgaducho, todavía sin el pelo largo y sedoso, que no me tardaría en salir, pero con las patas más ligeras que un corzo, cuando le saltó una liebre. Tiró y pensó que la había tocado. La vi correr hacia unos juncales y allí nos fuimos tras ella. Se la volví a echar. Otro tiro y él gritando que «muerta, muerta» y corriendo hacia un cipotero. Pero al subir, búscatela. De liebre, nada.

Él empeñado en que sí, que allí tenía que estar, que es que a veces ya no es que no huelen, que no huelen nunca nada, sino que tampoco ven, y yo señalando la línea del monte de chaparros que era por donde se iba el rastro. Un par de veces quise irme hacia allá y él empeñado en que buscara donde creía que había de estar. ¿Qué sabría él? ¿Acaso no olía que la liebre se había ido hacia el chaparral? Estaba claro que no. Pero por fin me dejó ir por donde yo quería y salí a sus alcances como una flecha.

Me costó, pero al final di con ella. Tenía una pata trasera rota y de ahí que la alcanzara y lograra clavarle el diente en el lomo. Pero luego vino lo malo. No me daba el cuerpo ni la fuerza para zamarrear a aquel liebrón, que era un bicharraco enorme, casi tan grande como yo. La tenía en la boca, pero no dejaba de soltar manotazos, así que me fui hacia el Chani a ver si él sabía qué hacer con aquello. Y ya lo creo que supo, aunque al principio no salía de su asombro de que la trajera. No se podía creer la faena que había hecho, pero en un pispás me libró de mi carga y dio cuenta de la captura.

Me jaleó como pocas veces lo ha hecho y todo fueron caricias y carantoñas y decirme «buen perrete» y «buen Lord». Pasó el resto de la mañana feliz y cómo se le nota todo, es un cristal cuando está contento o cuando anda triste, no sabe disimular ni para los hombres, pues más feliz estaba yo. Luego no dejó de contarlo a toda la mano y, como alguno se hizo el incrédulo, no me quedó más remedio al poco que dejar en buen lugar al amo y cobrar otra liebre que se había ido tocada y que ya me encontré muerta después de seguir la pista un buen rato.

Me hice famoso por ello. Le cogí el tranquillo a la cosa. Cuando se tiraba una liebre yo me fijaba bien, pero que muy bien, y como me oliera que iba tocada salía detrás y unas pocas habré cogido heridas o muertas. La liebre es blanda y, aunque después del disparo a veces parece seguir como si nada, de pronto, a medio kilómetro, como lleve un perdigón dentro, se para y se queda panza arriba.

Sin embargo, aquello de las liebres y luego lo de las tiras acabaron por pegarme un defecto que además con mi sangre ya no se me ha quitado de por vida. Irme largo. En aquellas tiras de monte yo me iba por el borde y lejos, a un silbido me metía a la leña y volvía hacia él y le sacaba caza de cara. Pero luego ya cogí lo de irme largo para todo porque ¿en qué quedamos? Coño, que uno es un perro. Listo, pero perro.

Entre Monte Alto, Bujalaro y El Cerrillar echamos el año. Que no se dio nada mal. Yo iba aprendiendo y mi amo conmigo. Pues él no era tampoco un cazador que llevara mucho tiempo y desde luego yo era su primer perro. O sea, que para las artes y las trazas no se nos daba nada mal. Ya digo.

Entonces, al finalizar la temporada a mí ya me empezó a picar otra cosa.

# V

## AVENTURA AMOROSA

## EN EL CERRILLAR

Fue en El Cerrillar, que es donde yo me he iniciado en casi todo. Jesús, que cada vez que íbamos nos sorprendía con algo, siempre estaba haciendo cosas, había construido una larga hilera de perreras y tenía por allí algunos perros. Una, de la casa, era una pastora alemana jovencita, pero que muy simpática.

A mí me dejaron suelto mientras ellos se iban al pabellón de caza a comer y a jugar al mus, que les gusta más que las sobras de la comida a mí. Fue mi oportunidad y no la desaproveché. La perrita estaba por dejarse querer y yo, torpe o no, novato o también, empecé a chamelármela y me la acabé llevando al huerto. Cuando salieron de jugar nos pillaron allí, cerca de donde había una plaza de toros, enganchados. Que ya saben lo que nos pasa a los perros cuando lo hacemos a conciencia.

Menos mal que no eran de los canallas que aprovechaban aquello para corrernos a palos, que en algún pueblo he visto yo caer palizas sobre una pareja trabada, y, riéndose mucho, eso sí, esperaron a que se pasara aquel sofoco y el huesecillo ese o lo que sea volviera a su posición y permitiera desengancharse. Que menudo mal rato, eso también hay que decirlo, se pasa.

Pero, bueno, que aquella fue mi primera y casi única aventura amorosa completa porque luego, excepto algún rápido en las partidas de caza y aprovechando algún descuido, casi ni lo he olido. Bueno, olerlo sí, pero nada más, y es una pena. Mi amo comentó en muchas ocasiones lo de cruzarme y por lo visto hubo alguna pretendiente, pero luego decían que yo no era puro y se me jodió el polvo. Bueno, en otras cosas me ha ido mejor, y sin catarlo no me fui.

De todas recuerdo a la pastora jovencita, que no sé cómo se llamaba y tampoco volví a verla la temporada siguiente en El Cerrillar, y también a la Tosca. Era la perrilla de Cristóbal y desde nada más vernos hicimos buenas migas. Lo que pasa es que el Maestro no nos dejaba. Y mira que pusimos empeño. La vez que más cerca estuvimos y llegamos a unos metisacas fue un día que la había encerrado en el «cuatro latas» para que yo no le metiera mano. Se metieron ellos a la casa a comer y entre ella por dentro y yo por fuera nos las apañamos para correr la ventanilla de delante y por ahí me colé dentro. Qué alegrón nos dimos. Pero no duró ni una chispa. Salió uno no sé a qué y ya estaba gritando.

—Cristóbal, el Lord se ha metido en el coche y está poniendo buena a la Tosca.

Y claro, el Maestro salió a escape y a escape tuve yo que apearme del coche y de la Tosca. Nos tenía que haber dejado, porque la Tosca y yo nos gustamos siempre. Todo un amor imposible, vamos.

Descendencia perdurable o conocida no sé si he tenido y sé que eso ahora amarga un poco al Chani. Me lo ha dicho.

Pero algo sí sé que hubo, porque la perrita de El Cerrillar se quedó preñada y tuvo unos perrillos curiosos. Pero me parece que con aquella mezcla de sangres no los quiso apenas nadie y solo dejaron un par de la camada. No sé qué habrá sido de ellos, la verdad, cosa normal entre perros, pero mi amo tampoco parece que se preocupó nada.

Pero la aventura amorosa en El Cerrillar tuvo otras consecuencias y peores para mí. Como si en mi pecado llevara mi penitencia, esa noche, en vez de dormir en la habitación de la casa con el amo —en casa ajena eso no suele estar bien visto—, me tocó dormir en una de las flamantes perreras de El Cerrillar. Y flamante y aparentemente acondicionada estaba. Con lo que nadie contaba es con que estuviera infectada de unas garrapatas como cabezas de alfiler que se me pegaron por todo el cuerpo, en especial por la barriga. Menuda la que lio Mari cuando a los pocos días del regreso se percató de lo sucedido. La bronca al Chani fue peor que todas sus voces cuando yo me voy a «casa Dios». ¡La que le lio al pobre, Dios mío! Y lo que me hizo a mí, además de bañarme y rebañarme y darme todo tipo de champús. Porque si cuando llego del monte, y me ponga como me ponga, acabo siempre en la ducha que ha hecho hacer aposta en la planta baja para pasarme por sus armas, o sea, por el agua, aquel día el enjabone fue descomunal. Y después de todos los enjuagues, me untó con algo que escocía mucho y que al lamerlo sabía a rayos. Todo para acabar con aquellos bichejos que, yo no lo sabía, pero eran muy peligrosos y más aquella infestación. Algunos resistieron sus días, pero al final Mari acabó con toda la plaga y no quedó ni uno para contarlo ni para chuparme la sangre, que eso es a lo que se dedican.

La cosa trajo secuela, porque si yo he estado siempre a la última en vacunas, y no me han faltado collares antibichos de todo tipo, aquello reafirmó a Mari, no muy campera, la verdad, en los terribles peligros a que el Chani me exponía. No sé qué se piensa de lo que hacemos cuando estamos en el monte, pero debe suponer que es como llevarme de paseo por la acera de Madrid y sujeto con correa. Por ejemplo, le suelta: «No se te ocurra dejarle que se meta en los charcos», como si el hombre pudiera irme quitando de ellos. Y como eso con las aliagas, con la broza, con el río, con los juncos y hasta con los tiros. He tenido suerte. Ni un accidente. Creo que una sola vez me alcanzó algún perdigón ya sin fuerza. Creo de verdad que el Chani me ha cuidado, a veces demasiado incluso, pero mi ama me ha mimado. Y qué quieren que les diga, yo muy contento de que lo hiciera.

Lo de las garrapatas trajo secuelas, muchas y duraderas, de hecho se convirtió en su arma arrojadiza favorita. Ella se lo ha sacado siempre a relucir a las primeras de cambio y con motivo de la expedición cinegética o viaje que fuera. «No te llevarás al perro porque me lo traes perdido de garrapatas» era en más de una ocasión el último argumento de negativa para no querer que me fuera. Y más de una vez no hemos ido por eso. O no he ido yo, que es peor.

Pero los cuidados y los mimos de Mari no se los cambio yo a ningún perro de esos de adorno. Una cosa soy en el campo y otra en casa. Aquí, limpio siempre, haciendo mis cosas donde debo y dejando los platos, si me los dejan a rebañar, que me los dejan, como la patena. Aunque para reluciente, yo mismo, cuando mi pelaje creció del todo, aquel blanco nieve era digno de admiración y me temo que de cierta rechifla para el Chani.

—El Lord es el único perro que se puede acariciar de toda la cuadrilla, decía el uno.

Y el otro:

—Yo creo que huele a Chanel cinco.

—Lord Yogur es como debemos llamarlo —dictaminó un día Agustín de Grandes, y ese motecito se me quedó encima.

Lo que no sabían es que era verdad, que desde cachorro yo me he comido un yogur cada día. Toma ya. Si llegan a saberlo entonces peor hubiera sido la rechifla. Agustín acertó de veras y el Chani calló por mi prestigio de perro duro y cazador. Cosas de mi doble vida.

Aunque el Chani reconocía:

—Pues sí, ¿qué queréis que os diga?, el perro más cuidado de la Unión Europea, y ojo, tened cuidado y no se escape un tiro y que no le pase nada, porque entonces yo no vuelvo a casa.

Yo creo que le venía bien, porque en eso siempre ha tenido un cuidado tremendo. Cada día al irnos lo estaba diciendo y cada tarde al volver era lo que repetía, que habíamos disfrutado, se hubiera dado mal o bien, y que no nos había pasado nada. Porque el campo, la caza y las armas son para tomárselos siempre con precaución y cuidado.

Que uno ha visto cosas malas y algún colega agujereado.

# VI

## PERRO DE CAZA Y DE CASA

El 1994 y 1995 fueron mis años de aprendizaje en el campo y en lo mío, o sea, cazar. Me fui haciendo perro de casa y perro de caza. El Chani y yo teníamos una clave: el collar. Un collar especial, más fuerte, que era la señal de que tocaba campo y cacería y que ha sido el único achiperre al que yo me acercaba y hasta ponía la cabeza. Porque ante los demás arreos, aunque fuera el de paseo —y mira que me gusta a mí el paseo callejero por Madrid—, me hago un poco el remolón. Luego me dejo, pero de principio como que no me gusta a mí llevar esas cosas encima. Pero el collar de campo…, a ese hasta metía la cabeza.

También me fui acostumbrando a que a veces no me llevara. Pero hasta que entendí que cuando había rifle de por medio no era mi negociado me costó mucho sofoco. Porque yo eso de ver que él se iba, y que se iba al monte, y que me dejaba y ponerme a aullar era todo uno. Y así estaba mi tiempo incrédulo de que se hubiera marchado. Luego, qué remedio, me tumbaba enfurruñado, pero, eso sí, en cuanto olía comida se me pasaba el mal. Habiendo comida el Lord ya no tiene penas.

Fueron años bonitos y cuando creo que él se tomó más que antes lo de la caza en serio. Seguíamos en el coto de Monte Arriba y frecuentando de vez en cuando El Cerrillar y Bujalaro. El Chani hasta empezó a llevar una especie de diario, que ahora está viniendo bien para estas memoria de perro viejo y, como es normal, un algo desmemoriado. Allí vienen mis días de triunfo y también mis fracasos. Y los suyos. Porque no iba a apuntarme a mí los fallos y apuntarse él los tantos. Reconozco, y lo podrán ver, que suele ser bastante justo en el reparto de méritos y en el de patinazos. Si algo ha dicho siempre es que hemos aprendido juntos, juntos hemos cogido nuestros vicios y hemos compartido también algunas de nuestra buenas facultades.

Las mías quedaron claras desde muy pronto. Era un cobrador fantástico y bien que quedó anotado: «El Lord acaba por coger al final de la media veda una perdiz igualada, después de dos carreras y dos muestras. La trae tan viva que hasta puedo soltarla». Y otra que fue de ponerme una medalla, en Bujalaro, cerca del Chorrillo, cuando sin tirar le traje una del día anterior que había dejado alicortada otra mano de cazadores.

De aquel año también tengo alguna experiencia bastante desagradable con dos perros abusones. Un político de cuyo nombre ni mi amo ni yo queremos acordarnos nos solía invitar un día a cazar en mano en fincas toledanas donde había de todo y en cantidad. El tipo tenía un pique de miedo con el Chani. Y yo como que parece que lo sabía y echaba el resto en buscar, mostrar y cobrar. El político se reía de mí diciendo que era un perro mimado y consentido, pero luego resulta que cuando veía nuestra percha y empezaban a contar se lo llevaban los demonios porque le mojábamos la oreja, aunque un día fuera por un pajarraco que no se bien qué era, pero que sirvió de desempate. Yo estaba todavía muy tierno, con apenas dos años, y aquel día, de lluvia, aire y frío, la paliza fue muy fuerte y volví desguarnillado. El Chani me dejó en un cobertizo, atado y a resguardo, y se fue a comer. Menos mal que volvió a tiempo. Dos perros viejos y abusones, que para cazar valían lo justo, pero para humillar a un medio cachorro sí parecían enseñados, empezaron a acosarme. Ellos estaban sueltos y yo atado. Y luego intentaron montarme. Yo, claro, apretaba el rabo y el culo y tiraba tarascadas, pero mal me hubiera ido si él no aparece. Me libró de que me dieran por el culo, dicho en claro castellano. Y luego vi que se las tenía tiesas con el político, y algún otro, al comprender que lo habían distraído mientras ellos azuzaban a sus chuchos. Total, que me cogió, ya digo que estaba hecho unos zorros del esfuerzo y del frío, y en brazos me llevó hasta el coche. Se despidió con cortesía cortante y por allí no hemos vuelto en nuestra vida. La vez siguiente que lo invitaron dijo que se había dormido. Con aquel político acabó bastante mal. Es de los que presumen de honrado, cabal y humilde, de los que acusaban a los demás de «subasteros» y luego resultó que lo que quería era ser él quien controlara todas las subastas. Ni se hablan.

Otra cosa bien distinta fue un compañero que apareció por aquellos años y con el que el Chani estableció una fuerte amistad, la misma que yo con toda la cuadrilla de perros. Unos chavales «asturianos» de lo más majo y campechano. El mejor el Rocky, un *teckel*, que aunque parecía de malas pulgas era un colega de lo mejor. Como su jefe, vamos, Paco el de la Fueya que le llaman. Tiene un restaurante con ese nombre, «Hoja» en asturiano, y por él le llaman de apellido. El Chani no me dejaría mentir si exagerara diciendo que es de las personas más generosas que uno pueda encontrarse. Disfruta si disfrutan sus amigos, parece hacerlo todo para que estos estén contentos y con nosotros, los perros, se desvive. Si a los hombres no les falta de nada y no pasan gota de sed ni de hambre, nosotros tampoco nos podemos quejar de nada.

Con él hemos echado, siempre a mesa puesta y sin contraprestación alguna excepto pasar el buen rato, días en verdad inolvidables. Algunos irán saliendo luego, pero otros ya se los voy yo anotando. Por ejemplo, aquel que nos llamó para ir a Almonacid de Toledo, que dejaban el coto y querían aprovecharlo al máximo y con amigos. Invitaron nada más ni nada menos que a dos grandes campeones, muy picados en su tiempo, el Parrita, alcarreño y paisano del Chani, y el Tragacete, el hombre que tiene más campeonatos y más cariño

en este mundillo de la caza con el que tuve oportunidad de cazar alguna otra vez, y mira que sabía aquel
hombre. De perros más que nadie, y Juan Hermoso,
otro amigo legal, legal y de los que nos quieren de
verdad, estaba empeñado en que adiestrara dos, uno
para él y otro para el Chani. Yo ni quería oírlo porque
el Tragacete seguro que le habría criado un fuera de
serie y a mí me hubiera dejado al lado. Menos mal
que el Chani no quiso aceptarlo. Juan creo que sí.

Pero vuelvo a lo de Almonacid, que me disperso.
Parrita y Tragacete salieron como flechas hacia los altos, cada uno por un lado. Y a nada pim, pam, pum.
Yo, además, nervioso perdido porque solo hacía que
ver correr liebres a lo lejos por todos lados. Pero el
Chani nada, que casi no caminaba y que todo el rato
llamándome de que no me alargara. Estaba yo ataca-
do y a punto de irme por mi cuenta cuando me per-
caté de la jugada que tenía preparada el pájaro, que a
veces este también las prepara.

Había una reguera justo en medio del valle, poca
cosa, seca estaba, pero con alguna maleza y cuatro
juncos. Y lo que hizo fue esperar a que el Tragacete y
el Parrita volaran, desde las cuestas, toda la caza. Que
allí fue aterrizando. Y el Lord y el Chani se fueron a
por ella. ¡Qué día echamos! Y qué cara se les puso a los
campeones cuando al vaciar los morrales resultó que
los dos «tontos», él y yo, les habíamos ganado. Las
risas fueron guapas y Paco el de la Fueya se desterni-
llaba. Parrita y Tragacete tampoco se lo tomaron a mal,
ni mucho menos.

—Anda, jódelo al periodista, la que nos ha preparado —dijo Tragacete, y se hicieron amigos para toda la vida. Del Parrita ya lo era de antes, de Guadalajara.

Con Paco, el de la Hoja, o de la Fueya, tengo muchas. Otra buena fue en Ventas con Peña Aguilera y los primeros faisanes que yo había olido en mi vida. Qué bichos más grandes, lo que costaba hacerlos arrancar y el griterío que metían al salir. Casi no podía uno llevarlos en la boca. De aquella tarde, donde me hinché a coger conejos, perdices y faisanes, me hice otro amigo que siempre ha sido luego de lo más cariñoso conmigo y del que recuerdo su olor como el de un buen colega y compañero. Se llama Julián Martínez, periodista como el Chani, y como no llevaba perro se puso con nosotros y yo disfruté sacándole faisanes donde casi los estaba pisando y no se enteraba. Julián me lo agradecía mucho y no hacía más que felicitar al Chani por el perro. Muchas gracias, hombre.

Fueron años bien buenos, pero no mejores de los que estaban por llegar cuando ya fui echando trazas, cuerpo, pelambre y hechuras. Los defectos, los de siempre, pero el Chani y yo planta de cazadores la que quieras. Porque íbamos de codornices a la Alcarria de Bujalaro y mira lo que tenía que escribir: «Bolo total. Culpa mía. No le doy ni al cerro. El Lord me da una lección de caza buscándolas en las lindes, entre las aliagas y me hace una muestra de libro». O esta otra: «Menos mal que el Lord me sacó unas cuantas a huevo y, aunque me dio pena, él no sabe de vedas, cogió una media liebre en la cama. Está que se sale el perrote».

En Monte Arriba me empecé, ya en la general, a

picar a los conejos y a saber cazar para él, moviendo y removiendo brozas y tomillares. Y allí un día de mucho frío y agua hice una cosa extraña que me valió un regaño. Cayó un conejo en la tierra arada y por un impulso irresistible comencé a enterrarlo. Llegó corriendo y me echó la bronca. Yo no sabía el porqué, pero supe que no debía hacerlo.

Luego explicaron que podía ser cosa materna. Mi madre, por lo visto, estuvo perdida en un monte cerca de seis meses y se alimentó de caza y, claro, cuando cogía de sobra, la guardaba. Podía haberlo sacado de ahí, decían. Pero lo cierto es que yo a la caza, que he venido siempre en la trasera del coche con la percha o el morral, ni la he tocado. Es tabú y lo sé, aunque nadie me lo haya enseñado. No sé por qué hice aquello aquel día de tanto frío, pero no he vuelto a repetirlo nunca ni ganas me han vuelto de volverlo a hacer. Bueno, no voy a mentir, un día también de mucho frío a una codorniz que se había quedado sin emigrar y la cobré muy deshecha casi me la tapiño. También hacía un pasmo. Debe ser el frío el que me hace ansiar la carne cruda, digo yo, vamos.

Aquellos años en Monte Arriba también supe lo que era cazar la becada. Había pocas, pero alguna conseguía sacar y era algo extraordinario ver cómo él y su amigo Barrado lo celebraban. Los dos se quejaban a veces de que en la mano cazamos solo tres perros para diez escopetas y, claro, yo me paso el día bajando y subiendo a cobrarles a los otros. Por eso la gozábamos más cuando entre semana nos íbamos solos: «Disfruto del día y del perro, que aun con su defecto de alargarse cobra soberbio. Tiro una perdiz que se va volando monte adentro y luego me la encuentra muy lejos ya muerta. Encontramos a otros de la cuadrilla y le cobra a Jesús una de ala que tenía ya perdida».

Hubo días en verdad duros: «Ayer sol y hoy una lluvia que cala hasta los huesos. El Lord, que es todo voluntad, aguanta, pero acaba agotado y hasta vomita. Aprieto el paso de vuelta para llegar cuanto antes al coche sintiéndome mal por haber forzado al pobre animal. Lo seco y se queda hecho una rosca. No quiere cenar y ya por la noche, junto a la lumbre de la chimenea, noto que está muy agotado y cojea de atrás. Espero que se reponga y recupere su alegría, mi buen y alegre Lord».

Los cuartos traseros siempre han sido mi fallo. Por la mezcla y la alzada o por lo que fuere, lo cierto es que son mi parte más débil. De cachorro ya dijeron que tenía displasia y hasta me querían operar, pero al final mejunjes naturales, en los que Mari es experta, y una buena alimentación me enderezaron mucho, y no fue necesario, pero con esfuerzos excesivos es de donde me resiento.

Pero entonces la juventud hacía que a nada estuviera tan pimpante. Miren si no: «Ayer fue un día maravilloso. Luce por fin el sol, el campo es una alfombra y el otoño destapa su tarro de colores. Los castaños de Monte Arriba son suaves llamaradas contra el cielo azul. Los ocres rojizos de esta tierra se conjugan con el verde de los campos de rastrojos donde rebrota la porrina de los trigos. Al atardecer oímos el clamoreo de las grullas bajando hacia Extremadura.

El perro y yo nos quedamos en un alto viéndolas volar en su formación perfecta en V. El Lord vuelve feliz, y yo, más».

Hubo también cosas muy tristes que se me había pasado contarles. Al Cerrillar habíamos dejado de ir. Cuando regresamos notaba en mi amo un profundo abatimiento y un desasosiego que transpiraba por todos sus poros. Jesús ya no estaba, ni su olor ni su voz. Es una de esas presencias queridas y amigas que han ido desapareciendo de mi vida. Hay mucha menos caza, parece que con el amo se marcharon también las perdices. Aun así consigo que el Chani se traiga tres conejos. Dos son de su escopeta, pero el otro es todo mío, lo seguí y lo perseguí y al final me hice con él. No se lo creían cuando me vieron. Pero tenía tal sofocón que donde estaba era metido en una fuente con el conejo en la boca. Fueron de las pocas risas del día.

La nieve no era nada extraña ni en Bujalaro ni en Monte Arriba. En este último lugar la teníamos todo el invierno en el horizonte coloreando de blanco el triángulo perfecto del pico Ocejón. Al Chani y a mí nos gustaban esos días soleados y fríos con la nieve al fondo. Las perdices salen con fuerza y él fallaba muchos tiros. Pero luego abatía una lejísimos y cuando se la traía era el más feliz del mundo. Lo mismo que cuando cobraba las de los demás, porque seguíamos cazando muchos tiradores y muy pocos perros y se me acumulaba el trabajo. Ahí están sus anotaciones: «Le cobra una a Adolfo y después una liebre que ha dejado herida». Y otro día : «El Lord aparece con una liebre cuando vuelve la mano que se debieron dejar tocada en la ida». Vamos, que yo seguía con mis liebres, como se ve, y con algún incidente por correr detrás de ellas. «En medio del monte —cuenta el Chani en sus apuntes—, estuve a punto de darle al perro, que se me cruzó en el tiro. Menos mal que me dio tiempo a levantar la escopeta y que se fuera al aire. El buen Lord lleva un día crudo. En una de sus entradas en la leña tras la caza vuelve con los belfos ensangrentados. Se ha herido con alguna aliaga o alguna jara seca. Encima, la Drill, una perra *drahthaar* de muy malas pulgas de Agustín, que no admite flirteos, le pega un colmillazo en el morro. Y es que mi pobre Lord es un perro sin malicia. Dicen que demasiado noble, pero así lo quiero y no me gustaría en absoluto que se maleara. Viene hacia mí dando algún gemidillo y en busca de amparo y apoyo. Se ríen de él, pero luego bien que lo buscan para que les encuentre la caza que tienen perdida. ¡Qué bien cobra el Lord las piezas de otros cuando yo no les doy a las mías!».

Lo del jabalí mejor se lo cuento yo para no quedar del todo mal. El olor lo había sentido muchas veces en Monte Arriba y alguna por El Cerrillar y Bujalaro, pero con el bicho no me había topado nunca y me fui a dar con aquel bicharraco inmenso. El caso es que arrancó a correr huyendo, rompiendo monte, y yo envalentonado me fui tras él. ¡Coño si no ando listo! De golpe aquella mole se volvió gruñendo y regruñendo, con una boca como un serón y unos colmillos de a cuarta, derecho a por mí. Salí a escape, claro. Cualquiera se esperaba y, cuando llegué al Chani, algo debió notar del susto que llevaba.

—Eso te pasa por meterte con los jabalíes. Que no son cosa tuya, Lord, ni los corzos, tampoco —me dice.

Bueno, con los jabalíes estoy de acuerdo, muy de acuerdo, pero con los corzos ya veremos…

Acabamos muy bien aquel año 97, con mucha nieve y muchos días cazando casi los dos solos. A casa siempre volvíamos con algo, una perdiz y un conejo, dos perdices, una liebre, alguna becada. Yo cobraba, ahora me echo yo el piropo, cada vez mejor. Pero lo cierto es que pieza que caía era difícil que no acabara en el morral. Al Chani y a mí no nos gusta, pero que nada, dejar caza herida o muerta en el monte. Somos capaces de buscar y rebuscar hasta que damos con ella. Nos entendemos, ya lo he dicho. Somos cazadores parejos para lo bueno y para lo malo.

El 98 empezó con patos. Yo he sido siempre un buen patero y ya les contaré más adelante alguna hazaña mía en el Henares, pero la de aquel día 1 de enero también quiero recordarla por donde dimos con ellos y porque hace bien el Chani en confiar en mí. Que lo cuente él:

«La nieve ha vuelto a las faldas de la sierra. El Ocejón brilla. Sol y un día azul y claro. Las lluvias han limpiado la atmósfera y la transparencia del espacio es tal que Hita, a muchos kilómetros, parece estar en la punta del ojo. El campo es una alfombra de verdes y el bosque está cargado de humedad. Huele a hongos y setas. La caza da pocas oportunidades. La primera, una perdiz, la desaprovecho. La segunda, un conejo, no. Al regresar en una balsa en medio del monte, saltan dos azulones. Doblete. El segundo tiro largo y de mérito. Corro a recogerlo mientras veo al Lord que se dirige hacia la balsa a por el primero que ha caído en el agua. Vengo con el mío y el Lord viene sin nada. En la charca hay plumas. Intriga. Le pregunto: "¿Dónde está, Lord?". No me contesta, a ver, pero cuando hago ya como para irme, el perrillo se presenta con el pato en la boca y me lo deja al lado. Lo había sacado de la balsa y lo dejó al verme correr hacia el otro para acudir a ayudarme. Al ver que nos marchamos lo vuelve a recoger de nuevo y me lo enseña, tan contento».

Se acababa aquella temporada. Las liebres volvieron a abundar porque el frío las echaba de la sierra hacia las tierras bajas. Sigo encontrando algunas que dan por perdidas o ni siquiera tocadas. Le cobro un par de ellas al Chani y otra a Adolfo. El último día antes de la veda, para que no se ponga del todo triste porque se acaban estos días juntos en el campo, le meto dos perdices y una rabona en el cañón de la escopeta y volvemos como unas pascuas a casa.

Porque yo también soy un perro de casa y sé mis obligaciones en ella. La primera la del baño, que ya digo que de entrada no me gusta nada, aunque luego me encuentre tan a gustito. Pero también tengo mis derechos y costumbres. El que desde el principio y hasta hoy he mantenido es llevarle una pieza a Mari. Bajamos del coche y él me la deja en el suelo. Yo la recojo y con todo mi empaque entro hasta la cocina y el salón, enseñándola tan orgulloso.

Y eso hice aquel día, que no sé a qué vino tanto griterío de mujeres.

Volvíamos los dos, como es normal, perdidos de barro y tan felices por lo bien que habíamos rematado la temporada. Yo pillé la liebre, una cacho liebre, y me fui hacia dentro. No estaba Mari en la cocina y entré en el salón con mi liebre en la boca y allí me planté en medio de la reunión. Verme aquellas señoras que estaban tomando el té y ponerse a dar grititos y chillidos fue todo uno. Yo no sabía qué hacer, pero vi a Mari que estaba en el centro y me fui hacia ella. Más gritos y una subiéndose en el sofá. Mari las calmaba y un poco Natalia, la vecina, la que tenía al Prince, mi abuelo Prince de quien también he de hablarles, pero aquello fue un tumulto.

Y es que, claro, acostumbradas a verme y tocarme tan suave, tan blanco, tan sedosito y cariñoso, que lo soy, y verme aparecer en plan fiera y con la liebre, les debió suponer una verdadera conmoción. Pero esto es lo que hay, señoras.

Luego me bañará Mari y yo seré un perro de casa. Pero que no tenga nadie duda, yo soy un perro de caza.

A mucha honra.

# VII

## PÉRDIDAS Y ENCUENTROS

He sabido lo que es estar perdido, pero nunca me he sentido abandonado. Lo que piensa el Chani de quienes maltratan a su perros o de quienes los abandonan se lo tengo muy oído y se parece mucho a los improperios que suelta cuando yo me voy a casa Dios. Si hay algo que le hace daño como persona y como cazador es esa atrocidad.

Cada año, lindando con las Navidades, escribe un artículo sobre la responsabilidad que supone traer a casa un cachorro. Porque desde luego es mucho mejor resistir la tentación que acabar por dejarlos tirados, porque eso hacen, los tiran, para que terminen despanzurrados en las carreteras. Perros que hasta que una rueda los destripa pueden estar días esperando la vuelta del miserable que los ha abandonado y que no solo no piensa volver, sino que es quien los ha condenado a esa muerte espantosa. Pobrecillos. La otra cosa que le trae a mal traer es el maltrato y se lo llevan aún más los demonios cuando de ello son responsables los cazadores. Porque el Chani lo es y además los representa como portavoz de la Federación Española y esas prácticas le sacan de quicio. Dice que es cierto, que en el medio rural y en el mundo de la caza se ha avanzado mucho, que ya no es aquello de los pueblos que se agachaba un hombre y el perro salía ya cojeando poniéndose la venda antes que la herida. Ya no es eso, desde luego, pero sigue habiendo mucha brutalidad y poco respeto por el ser vivo que somos. Sin ñoñerías, ni el Chani ni yo caemos en ellas, pero un ser vivo con el que se comparte vida y trabajos merece un respeto y un trato. Nunca un maltrato.

Cuando salen las imágenes de galgos colgados o cuando aparece la noticia de que alguien ha tirado a uno de sus perros a un pozo es cuando peor lo pasa. Y encima por una doble cuestión. Por la canallada de la acción y por la utilización exagerada de la misma y el mentiroso abuso que se hace de ella contra la caza, contra los cazadores en su conjunto y, al final, contra los perros. Porque esos «amantes» urbanos al final pueden resultar nuestros peores enemigos. Yo soy un perro de casa y de caza. No podría entenderme sin el campo ni puedo entender la vida de algunos congéneres. Yo soy un perro. Nada más ni nada menos que un perro, pero no soy otra cosa, no soy una especie de humanoide perruno, como a veces se pretende hacer de nosotros. El Chani y yo sabemos esto desde siempre y lo saben también mejor que nadie quienes tienen en sus perros su gran aliado para el pastoreo, para tirar de un trineo, para detectar explosivos o drogas, para la caza o para la ayuda a humanos con facultades mermadas como ciegos o minusválidos. A los perros de verdad nos gusta hacer un «trabajo» y ser útiles y eficaces. Es cuando mejor nos sentimos como perros y «socios» del ser humano. Pero, lo que digo, lo del abandono y lo del maltrato ha sido a lo largo de estos años, y lo sigue siendo, porque la lacra continúa, una de las prioridades del Chani, y como cuando escribe yo suelo estar echado en el sofá de su despacho dormitando tan a gusto haciéndole compañía hasta que ya me aburre tanto tecleo y voy y doy con la pata en el ordenador exigiendo un poco de caso o un patio por una urgencia o un paseo por un capricho o una necesidad. Vamos, que me conozco casi todo lo que escribe, pues tiene la costumbre de leerlo en voz alta para corregirlo y para que yo lo escuche. Todo no lo entiendo, tan listo no soy, pero con el sentido general de la cosa aún me quedo. Como él con el inglés o el vascuence, más o menos.

Así que he elegido un par de artículos del Chani para decirles qué pensamos él y yo de esto. Que uno, además, estuvo firmado a medias y así fue publicado.


### FIRMADO POR MI PERRO Y YO

Utilizando como «percha» la vileza cometida por algunos miserables que ahorcan a galgos, cada año arrecia y se publican decenas y cientos de artículos, casi todos ilustrados con la misma y estremecedora foto, insultantes para todo el colectivo de cazadores, más de un millón en toda España.

Como sé que es inútil explicar lo que somos a quienes, desde el talibanismo seudoecologista trufado de filosofía Disney, nos satanizan, me limitaré a reproducir lo que en mi condición de portavoz nacional de los cazadores federados publiqué y que hoy sigo entendiendo como totalmente válido ante estos repugnantes hechos de abandono y maltrato: «Los cazadores nos sentimos avergonzados, aunque sepamos que un puñado de miserables no nos representan en absoluto. A pesar de todos los esfuerzos, llamamientos, servicios de la Federación Española de recogida gratuita de animales, sigue habiendo algunos canallas que ahorcan a sus galgos, o los tiran a un pozo o les pegan un tiro. No son, ni mucho menos, la barbaridad numérica que pregonan algunos. Pero es que nos sobra con un caso. Es un ser sin entrañas quien le hace eso a un perro, al compañero que desde el principio de los tiempos el cazador ha tenido antes que nadie a su lado. El colectivo debe ser el martillo de esos indeseables que nos manchan a todos. Desde aquí y como portavoz de la Real Federación Española de Caza, llamo a todos a denunciarlos y a llevarlos ante la Justicia. El silencio y el encubrimiento son tan intolerables y tan nocivos como los propios hechos. Porque eso es de cárcel. Y es ahí donde vamos a llevar los cazadores a esa gentuza. Medirnos a todos por ellos es una manipulación que no vamos a tolerar y que, tras consultar con mi perro Lord, hemos decidido de común acuerdo no dejar sin respuesta.

»Sirva esta hoy y desde aquí como aldabonazo a las conciencias y como homenaje a todos los cazadores y a todos sus perros. A los que son dignos compañeros el uno de otro, a la inmensa mayoría que no deben tolerar que su nombre se ensucie a cada paso por los que nada saben y todo satanizan. Los que pretenden con la campaña prohibir la caza con galgo, amén de afectar a los más humildes y populares de los cazadores, lo que conseguirían con su alucinada propuesta es condenar a la extinción a toda la especie. Pues el galgo existe desde tiempo inmemorial en nuestros campos precisamente por su especialización absoluta en la caza de liebres».

Ya ven el cabreo. Pero si bien es cierto que defiende a sus colegas de caza, le he visto decirles las verdades del barquero y a la cara. Porque muchas veces los cazadores —y eso se lo afeo también yo como humilde perro— hablan con dos bocas: la de quedar bien, que es la grande, mientras que con la pequeña, y si piensan que están en un territorio «amigo», hacen hasta alarde de su brutalidad y justifican el maltrato, cuando no fanfarronean de él. Esos son los peores, porque esos son los que manchan todo y hacen que la razón y la verdad de otros muchos quede radicalmente ensuciada. A esos el Chani me ha enseñado a huirlos y a despreciarlos. Aunque él defienda a los cazadores, la verdad es lo primero y lo cierto es que queda aún y por desgracia demasiada bestia humana suelta.

El otro artículo que siempre escribe, dándole unas vueltas para que se diferencie un poco, pero en realidad el mismo, porque desgraciadamente esa realidad que lo provoca tampoco cambia, es este, y como digo suele aprovechar la Navidad para recordarlo:

Estos días muchas casas tendrán nuevo inquilino: un cachorro. Un perrete que hará las delicias de los niños y de los grandes. Bueno será saber desde ya que como todo ser vivo hace cuatro cosas esenciales: comer, beber, mear y cagar. Además suele emitir sonidos, gemir y ladrar, y siendo como es, un crío, suele morder, arañar y cometer todo tipo de travesuras. Pero hay más, no es una cosa. Siente y padece, se alegra y goza. Pero no son personas, aunque alguno les parezca que va a romper a hablar en cualquier momento, ni juguetes. Son seres vivos. Cada uno con un carácter, aunque casi todos con sus viejas armas de conseguir con sus perrerías y camelos hacer que se nos caiga la baba y los queramos. También ellos sabrán devolvernos más cariño del que hayamos encontrado y captar como nadie nuestro estado de ánimo. Y otra más, depende por entero de nosotros. Para él, nosotros somos su manada y en ella ha de encontrar y saber desde el primer momento su sitio. Será lo mejor para él y para todos. No hay nada que objetar por la creciente simpatía hacia los animales de la sociedad urbana. Ni el mejor trato que se les dispensa en la rural. Pasaron, por fortuna, aquellos tiempos crueles en que en un pueblo uno se agachaba y el perro salía, en un acto reflejo, corriendo, fingiéndose cojo y aullando. O sea, que se ponía la venda antes de la pedrada. Pero el maltrato continúa y a veces de manera masiva. La primera y más silenciosa, pero terrible forma, es la del abandono. El cachorro crece y molesta cada vez más. Y entonces se le tira. Cientos de miles corren esa suerte. Sobre ellos se habla poco. Es más periodístico el cargar las tintas sobre casos terribles de animales cruelmente asesinados, y si la canallada la comete un cazador, mejores titulares. Que hay que hacerlo porque si alguien es más compañero de un perro que nadie es el cazador y sobra un caso para seguir denunciando la atrocidad. Como parte de ese colectivo, no entiendo práctica más repugnante, cobarde y repulsiva.

Pero el abandono es el crimen masivo. La inmensa mayoría perecen, atropellados, de pura inanición, o sacrificados en las perreras. Tan solo unos pocos encuentran una segunda oportunidad. Un hombre que maltrata a un animal indefenso se retrata en su infamia. Resulta gratificante, pues, que el rechazo social crezca y se los trate cada vez mejor. Aunque eso tampoco significa que alguien que quiera a su perro extienda esos buenos sentimientos al conjunto de su vida. He conocido auténticos h. de p. que amaban a sus perros tanto como odiaban a sus congéneres humanos.

Pues todo ello es lo que ahora, antes de llevar el cachorro a casa, deben tener muy claro. Y si no, mejor no llevárselos. No sea usted uno de esos miles de canallas que dentro de dos meses van a abandonarlos.

Eso es lo que pensamos el Chani y yo de estos asuntos. Porque este también lo suscribo en mi condición de bretón veterano y que sin haber sido abandonado sí he sabido lo que es estar perdido y lo que siente un perro al estarlo. Un par de veces me ha pasado y las dos han sido por causa o culpa de los corzos, esos tan rápidos que desde que tengo memoria siempre me han hecho correr hasta hartarme para quedarme siempre al final mirándolos blanquear el rabo.

La vez que peor lo pasé fue una tarde en Monte Arriba. Habíamos ido a dar una vuelta tranquila y sin prisas y habíamos tirado algún conejete cuando ya al atardecer, cuando estábamos para volvernos, me saltaron de las mismas patas una corza con su recental. «A este pequeñajo lo engancho yo», me dije, y me fui detrás por el monte, pero detrás y detrás y detrás. Tanto que salí de nuestro monte y me metí en otro y di vueltas y más vueltas con la corza o el pequeño a la vista. Y luego, cuando ya no sabía ni dónde estaba, los perdí y entonces me di cuenta de que el perdido era yo.

Menos mal que los perros tenemos el olfato para algo. O sea, que a volver por mis pasos. Pero me había ido tan lejos que cuando llegué al cazadero ya era bien de noche y del amo no había ni rastro. Empecé a seguir las pistas por donde habíamos pasado y me vi mal, la verdad, porque se recruzaban unas con otras. Los olores se iban perdiendo, la noche encima y no oía la voz ni el silbido del amo. Además, estaba muy cansado. Así llegué a un lugar donde el olor parecía más reciente e intenso, como si se hubiera acabado de ir de allí, di unas vueltas, un rastro iba en una dirección y el mismo olor en la contraria. Total, que busqué un lugar resguardado debajo de un chaparro y, protegido por unos matojos, me hice un ovillo y me eché a dormir. Pero asustado y con un ojo abierto.

No sé cuánto estuve en duermevela, pero en algún momento oí ruido de coche y el pitido del que sabía que era el del Chani. Aquel Lada lo reconozco yo a kilómetros. Menudo tastarro estaba hecho. Cuando se calentaba se paraba y entonces yo, viendo el nerviosismo del Chani, que en esto de la conducción y la mecánica está muy por debajo del cero absoluto, me ponía a aullar como un poseso. Un día nos dejó tirados volviendo de Mohernando y otro, aunque aquella vez aún arrancó al final, cuando íbamos camino de El Cerrillar y menudo apuro que pasamos en medio de una cuesta y con dos o tres pitando y yo aullando que te aúlla.

Bueno, pues bendito ruido el del Lada aquella

noche. Al oír el motor y los pitidos que venía dando, salí rápido a los caminos para que pudiera verme. Pero si me iba hacia uno por donde parecía que venía, él torcía hacia el otro lado. Así estuvimos un rato hasta que al fin sí que me echó los faros encima y me vino muy bien el ser blanco y reluciente. Llegamos a las tantas a casa a Madrid, pero el alivio del Chani debía ser tanto y tan expresivo después del agobio que había pasado que la Mari por aquello no le dio bronca ni nada. Yo sí me llevé la mía. Pero no escarmenté en dejar de correr detrás de los corzos y a nada volví a meterme en otra parecida.

Esta vez fue en Bujalaro. Y esta vez venía también ella. Fuimos por la N-II hasta coger el cruce de Ledanca, bajar a Argecilla y luego subir a la Alcarria para, atravesándola, llegar al monte de Bujalaro y, bajando por el carril que faldea por la fuente del Zancajo, alcanzar el pueblo. En la misma linde de lo de Argecilla y Bujalaro, era pleno agosto y ya muy metido el día, o sea, un calorazo, me soltaron un poco para estirar todos piernas y patas. Y, oye, bajar, darme el fato de los corzos en la linde del monte y hacer tras ellos fue todo una. Y lo de siempre, uno pequeño que parece que lo vas a alcanzar y que no lo pillas nunca. Así que me fui metiendo por el chaparral y lo de siempre. Cuando dejé de correr y de ladrar, asfixiado y sin resuello, no sabía dónde estaba.

Pero, bueno, fui volviendo como pude hasta el lugar por donde me había metido al monte y atento a oír el coche. El Chani se había dedicado a carrilear dando alrededor del chaparral y así me vio salir detrás del Lada con dos palmos de lengua fuera y ya sin poder correr ni nada. Luego en la fuente del Zancajo casi me la bebo entera además de meterme dentro y tirarme allí hasta que casi tuvieron que sacarme a rastras. Lo peor aquel día fue la Mari, que se había asustado mucho y que decía que yo no hubiera sabido bajar al pueblo y que podía haberla entregado allí y no sé cuántas cosas más. Y encima le echaba la culpa al Chani de que yo me hubiera escapado.

El Chani y yo nos miramos y callamos. Era por el susto y el disgusto. Pero claro que hubiera encontrado yo el camino al pueblo. Como si no supiera yo de aquellas veredas. Es más, si algo habíamos hecho y bien cerca fue rescatar más de una vez nosotros a «perdidos». Dos aventuras que, como me ha entrado sed recordando aquellas sofoquinas, dejo a Chani que las cuente porque las tiene escritas y muy mentadas.

LOS DOS BRETONES

Cuando esta temporada acabe, tendré, de entre todas mis jornadas de caza, una mágica en la memoria. Fue el 11 de noviembre; justo el día que las temperaturas cayeron bajo cero, por vez primera, y la nieve cubrió ya por la noche buena parte de mi provincia de Guadalajara. Es uno de los días más felices en mis andanzas camperas, y en el que más satisfecho he regresado de una jornada de caza. Y la cuestión es que no disparé un tiro, no me colgué una sola perdiz, ni le eché el ojo encima a ningún conejo. Pero encontré dos bretoncillos perdidos.

Bajaba por un impresionante aliagar en una pronunciada costera de la Alcarria Alta de Bujalaro, mi pueblo, ya casi en la linde del término con Matillas —un lugar conocido como la Fuente del Puerco, debido a un manantial que existe en el sopié—, con mi perro Lord cazusqueando ante mí, cuando, al oír un ruido tras mis pasos, volví la cabeza y aparecieron los dos perrillos perdidos. Salidos de no sé dónde, desnutridos, con la angustia en su mirada de cachorros, venían hacia mí. Primero el macho, y detrás su hermana, todavía más famélica y débil, como si yo fuera la única tabla de salvación en medio de su desgracia. Y lo era. Los dos *épagneul breton*, de menos de un año de vida, llevaban más de cuatro días perdidos y sin comer. La hembra, preciosa con sus manchas canela, estaba ya al borde de la inanición y le costaba seguir los pasos de su más decidido hermano, que sin embargo no la abandonó. Difícilmente hubieran aguantado la noche de ventisca y nieve, y las similares jornadas que la continuaron.

Cuando vieron que eran bien recibidos y que su gesto era correspondido con palabras de afecto y caricias, aquello fue una explosión de júbilo y gratitud. Nunca nadie, ni animal ni ser humano, me ha dado las gracias de manera más sincera, ni nunca un sentimiento me ha llegado tanto al corazón. Al comenzar a caminar e indicarles con palabra y gesto que me siguieran, los dos bretoncillos ya no perdieron la pisada de mi bota hasta que, avisada por el útil teléfono móvil, mi mujer acudió al rescate con el todoterreno a una pista forestal junto a la fuente ahora seca del Chorrillo.

Los subí al coche, se despidieron de mí con unos cariñosos lametones en las manos y ya no he vuelto a verlos. Llegado al pueblo, y tras dar la voz de su aparición y reconfortarlos con alguna comida y unos buenos cuencos de leche, no tardó en aparecer su dueño: un criador de Jadraque al que en un paseo se le habían despistado tras un corzo y, metidos tras la res en un chaparral tras otro, se fueron alejando y ya no supieron volver. De hecho, toparon conmigo bastantes kilómetros más al norte de donde se habían extraviado, lejos de caminos y pistas forestales. No cacé nada ese jueves. Pero no me importó en absoluto. Volví cuando la ventisca comenzó a azotar las tierras hacia Bujalaro. Tenía decidido quedarme a los bretones si no los reclamaba nadie. Sentí no volverlos a ver; y solo albergo el deseo y la esperanza de que quien definitivamente los tenga como compañeros de caza los quiera y los trate bien. Yo los llevaré siempre en el recuerdo, y tendré la recompensa de la mirada de esperanza que apareció en sus dulces ojos angustiados.

Yo no había dicho, como se pueden imaginar, ni palabra. Pero la verdad es que sí me alegré de que salváramos a los perrillos, me alegré mucho más de que no acabaran en casa. Aún me quedaban años de ser el único. Hasta la llegada del coleguilla este, el Mowgli.

Lo del cordero fue algunas temporadas después y no muy lejos de allí.

## UN CORDERO CON BARAKA

No hacía ni cuatro horas que había nacido y de no ser por el cazador tan solo le hubieran quedado, como mucho, otras tantas de vida. Si algo abunda por aquel monte son las zorras. Pero el cordero tenía baraka.

Casi en un repente, buscando orearme un poco el alma y lavarme, también con aire, los sentidos, había decidido escaparme ese jueves por la tarde y coger la carretera hacia mi pueblo natal, Bujalaro, en Guadalajara.

Era un día ventoso y limpio, de esos que los ojos llegan a la sierra lejana y la mirada se mece y se reposa abarcando el valle del Henares y la ondulada llanura a sus espaldas que precede a la montaña. Era un día de esos de cielo azul intenso navegado por rebaños de nubes blancas que se dan, para quien quiera ir a gustarlo, en la Alcarria Alta, cuando Lord y yo nos pusimos en movimiento por entre los bosquetes de chaparros, aliagares y retales de rastrojeras que se van asomando al viso de mi viejo monte.

Íbamos solos el perro y yo y el viento. Y fue el viento quien nos trajo a ambos el balido y nos dejó inmóviles mirando debajo de una chaparra, en un clarete, al solecillo, al recental recién nacido, blanco como las nubes, pero él sin rebaño alguno que lo amparara ni oveja madre al lado.

Sujeté al perro, que se acercaba curioso aunque sin un mínimo gesto agresivo, y al aproximarme yo el corderillo, valiente, se incorporó torpemente sobre sus patas temblonas y vino a pegarse a mis piernas. Busqué en los alrededores, pero no había a la vista ni al oído pastor ni rebaño alguno. El animalejo estaba solo, sin una posibilidad siquiera de sobrevivir a la noche, al frío y las raposas. Pero por allí, justamente por aquel lugar y aquella chaparra de todo el monte, de todas las alcarrias de Bujalaro, fue a pasar el cazador que no cazó y se llevó al cordero en brazos.

No quiso saber si era macho o hembra, porque es hijo de labradores y sabe cuán diferentes son los destinos de los unos y las otras. Presume, eso sí, de que el recental con baraka es hijo de una «primala» y que esa inexperiencia fue la razón del abandono.

Y le asalta a la memoria otra imagen, en paraje muy cercano, de un día en que le vinieron a la huella dos cachorros de bretón, unos hermanos, ateridos, famélicos y coja ya la perrilla, que llevaban un par de días perdidos y que lo encontraron antes de una noche de ventisca y de nevada. Tenía el lance anotado en el cofre de sus tesorillos y ahora ha añadido este otro.

Pero vuelvo ahora a esta otra tarde en que tampoco cacé, aunque en esta al final sí pude. Pero no estaba la tarde de muerte y eso que el Lord mostró bien y aguantó mi llegada. Pero yo anduve lerdo, y la liebre lista se zafó del tiro mal pegado y con una hábil traspuesta solo tuvo ladridos tras el rabo. Eso sí, un par de kilómetros.

Porque el Lord cree ciegamente tanto en mis posibilidades —o sea, que no puedo haber fallado— como en las suyas —va a alcanzarla— y le cuesta convencerse de que a esa pieza no la muerde. No es mala costumbre. Más de una vez ha habido un perdigón suelto, una merma y él ha logrado hincar el diente. Pero ese día no podía ser. El Lord y yo teníamos asignado otro papel. El de ángeles de la guardia de corderillos de «primala», pero con mucha baraka.

Son hermosos recuerdos, que en un perro viejo van y vienen, entrelazados. Como en las personas, no vayan a creerse ustedes más o mejores. Lo que pasa es que los hombres amontonan fechas y quieren medir el tiempo. El tiempo, ¡ay!, es quien nos mide a todos. Pero, bueno, en lo sucesivo, cuando me despierte, procuraré ser un poco más ordenado.

# VIII

## PERRO PESCADOR Y MARINERO

A mí, cazador de raza, y no creo que sea desdoro en absoluto, me ha gustado mucho la pesca. Yo he pescado, o mejor dicho, no he dejado pescar al Chani por todos los ríos de Guadalajara y todas las calas de Menorca. Darle un bocado a un pez vivo no se lo he dado, esos bichos no huelen a cosa que pueda morder, pero irme de pesca con él ha sido de lo más divertido que he hecho y cuando mejor me lo he pasado. Y es que me tira mucho el agua. Nadar me chifla y el mar es que ya es una gozada total. Me cruzaba las calas menorquinas y no dejaba de dar vueltas y más vueltas sin salir del agua. Es donde más he disfrutado. Salíamos de la casa enfrente del cabo de Caballería y nos íbamos costa adelante, por entre todas aquellas escolleras y acantilados, a veces cruzábamos a nado hasta un pequeño islote, y allí pasábamos una mañana entera o una tarde hasta puesto el sol pescando. Bueno, pescando él. Yo nadando, liándola y molestando. O sea, vacacionando a lo grande.

Él tiraba el señuelo al agua y yo me lanzaba detrás, si es que ya no estaba en el agua, a dar vueltas nadando por allí y no había manera ni de que me saliera y él tenía que andar con mil ojos para que el que no se anzuelara fuera yo. Aun así sacaba peces que me dejaban bastante estupefacto cuando los veía coletear en la orilla. Y si algo me gustaba aún más era saltar al mar desde alguna altura y toma ya chapuzón y salpicaduras. Nunca me pasó nada, aunque la primera vez que me metí en aquella agua tan grande sí que me llevé una sorpresa curiosa. Lo primero que hice fue darle, era una tentación irresistible, unos cuantos lametones. Y aquello sabía mal, a sal y a no sé qué más. Pero a rayos y quemaba. Ya no lo hice más, aunque luego de los chapuzones me quedaba regusto en los bigotes y en las fauces hasta que la Mari me daba el manguerazo en la terraza de aquella casita junto a la costa a la que fui bastantes años durante los veranos.

Mari nos prevenía antes de la expedición de todos los posibles y seguros males que nos acaecerían. Pero nunca nos pasó nada. Bueno, a mí sí. Un año, en aquellas rocas afiladas de las escolleras, me di un buen corte en la almohadilla de una pata y hasta que no se me curó del todo Mari me tuvo estabulado.

En Menorca no solo había peces y calas. Justo en el cerro de enfrente de la casita asomaba también algún conejo y cuando íbamos de paseo alguno he llegado a correr. Porque no solo era pescar. Hacíamos también recorridos a pie por la isla y yo acompañaba siempre que me dejaban ir. El paseo de la tarde por unas costeras junto al mar con olor a higueras y aquella brisa marina son un buen recuerdo. En Menorca descubrí cosas muy novedosas para mí y hasta monté en barco, que aquello sí que fue una impresión enorme, allí en medio de toda aquella agua. Y también había bichos pero que muy raros. Un día di con uno que andaba muy despacito y cuando llegue a él metió la cabeza para dentro de su propio cuerpo. Quise hincarle, pero tenía una piel tan dura que se escurría y que no podía morder. Yo lo quería coger de todas formas, cogerlo y llevármelo para casa, pero el Chani me hizo dejarlo. Un bicho raro, sí señor.

Pero lo dicho. Lo mejor los baños y los nados. Y es que a mí, ya lo he dicho siempre, me ha tirado mucho el agua. Que me gusta, vamos, y que no le hago asco alguno, aunque me haga el remolón con la ducha. Y me da igual como esté, que no le he hecho asco alguno a los charcos helados, de tener que romper la costra, vamos, en pleno invierno. Yo veo un charco y hasta la barriga, una balsa y de cabeza, un río y a cruzarlo a nado. Con el mar sí que tengo algo más de cuidado y no me separo de la orilla demasiado.

La afición me viene desde siempre, desde mismamente un cachorrillo y bien pequeño. Y no me la quitó ni el susto primero que me llevé por ella.

No tenía yo ni cuatro meses cuando un día me llevaron a un señor con bata blanca que me dijo palabras cariñosas y me hizo muchas caricias, pero que me arreó también unos cuantos pinchazos. El Chani se iba a pescar y Mari decidió acompañarle, por entonces lo hacía con cierta frecuencia, y me llevaron con ellos. Fuimos a su Bujalaro y debajo de su cueva de Nublares, por donde tantas veces he vuelto, es donde montó la caña y se dispuso a tentar a los peces.

El veterinario había advertido de que puestas las vacunas había que tener cuidado en que yo no me mojara. Pero, vamos, que fue llegar a la orilla del Henares, dejarme en el suelo y yo irme para donde estaba él con su caña. Mari se quedó tomando el sol un poco más arriba y nosotros ribera abajo, yo pegado al calcañar del amo. Con miedo y tropezando. Pero luego ya me puse a explorar un poco por mi cuenta allí entre todas aquellas brozas y olores. Y en esto vi el agua, que antes con la maleza de la orilla ni le había echado el ojo encima. Estaba yo en lo alto de un pequeño altillo y el río, justo allí, a mis patas. Y yo no sé qué pasó, que salté o resbalé o lo que fuera, el caso es que me escurrí entre sus piernas y ante su susto me había chapuzado en el agua.

Y aquello sí que fue cosa de miedo, porque el río llevaba por allí mucha fuerza y por más que yo movía las patitas la corriente me arrastraba por donde quería. Menudo susto, qué terror fue aquello, lo único que supe es que había que luchar y mantenerse como fuera a flote. Oía los gritos del Chani y lo vi correr por la orilla aguas abajo. Yo hice entonces por intentar nadar o chapotear o lo que fuera por acercarme a él y, por fortuna, y ahora ayudado por la corriente que antes me vencía, logré arrimarme a donde estaba.

Consiguió al fin echarme mano y sacarme empa-

103

pado y asustadito. Mari vino corriendo y me secó a escape con una toalla y el Chani se llevó una de las broncas sonoras que por mi culpa, y también por la suya, se ha seguido llevando todos estos años, por no haberme cuidado y por varios agravios más que iban saliendo relativos al despiste en mi amparo. Siguió la cosa en el coche de vuelta, donde yo iba ya tan seco y calentito. Por supuesto, a mí no me pasó nada de nada.

Y tampoco le pillé miedo alguno al agua. Al contrario. Ya me entró una afición que hasta hoy en día me dura. Me ha gustado siempre muchísimo nadar y jugar en ella. Y con Mari cogí otro vicio añadido. Ella me tiraba una piedra y yo a por ella y a cogerla aunque tuviera que bucear. Y la traía, esa u otra, pero alguna traía. Jugar con las piedras en el río me costó despuntarme un poco un canino, una chispa, pero ha sido siempre mi vicio. Y si tengo que elegir ríos favoritos, pues primero el Sorbe, qué agua más rica, luego el Dulce y después el Henares, sobre todo debajo de la presa, en la Guindalera de Bujalaro, donde tantos buenos ratos hemos pasado. Esa era mi expedición favorita. Llegar al puente del río, en el Samoral, cruzar el primer socaz y así entrar en aquella isla de arbolado entre el Henares y su caz de riego, subir hacia la Angostura, atravesarla y cruzar el segundo riachuelo que la separa de la Guindalera y llegar hasta la presa, donde yo nadaba o jugaba entre los berros de las chorreras y él pescaba. O no pescaba, que nos daba casi lo mismo. Pero sí pescaba, sí. Hasta buenas truchas, allí, debajo de Nublares o en la Central, otro buen sitio y su junta con el río. Y si no lo hacía a caña, cuidado con él si se metía a cogerlos con la mano. Con las truchas nunca ha podido, pero más de un barbo le he visto yo lanzar con las manos desnudas a la orilla.

Mar y río me han chiflado, vamos. ¿Y cómo iba a saber yo entonces que no estaba bien visto en muchos casos que me tirara a las piscinas? Porque, claro, yo llegaba con mis amos a una casa, veía aquella balsa tan apetecible y, ¡zas!, de cabeza. Un día se lo hice en la casa de los hermanos De Grandes en Sigüenza, en El Jardín, y para qué el trago que pasó el Chani porque la acaban de limpiar y se bañaban allí todos los niños. Que eso es lo que más me hubiera gustado, nadar con ellos. Pero no estaba bien visto, aunque los De Grandes, tan amables y cariñosos siempre, no me reprendieron nada. Pero yo al Chani lo vi un poco corrido, la verdad.

En alguna sí me lo consentían. Donde mejor en la de los alemanes, Greta y Harald, que tienen una casa pegada al monte, o sea, que por una puerta se sale a los aledaños del mismísimo monte del Pardo, donde me tengo yo algún real conejo corrido. Pues en esa piscina hasta desde el trampolín que me he tirado. Jugábamos con un balón y yo iba a por todos y más de una vez les ganaba. Claro que no podía cogerlo con la boca y eso era lo malo. Así que mejor cuando lo que me tiraban era una pelota. Entonces ya no había quien me la quitara.

Piscinas me tengo hechas unas cuantas y algunas bien de lujo, hasta de la Moraleja me tengo alguna nadada. Pero, vamos, a mí me gusta más el puro río, que tiene otra cosa, otro sabor y, lo mejor, tiene hasta patos.

Porque mi gusto por el agua y no tenerle miedo ni a terraplenes ni a corrientes me ha hecho un cobrador de patos de quitarse el sombrero. Bien cerca de donde casi me ahogo de cachorrillo es donde realicé una de mis más memorables faenas. Subíamos, años después, cazando el río arriba, y en una asomada se arrancaron dos azulones. El Chani, de manera inaudita, hizo doblete. El uno fue a caer al otro lado y el otro a la mitad de la corriente. El río bajaba chocolate y muy crecido. En esa parte, el «río nuevo» que le llaman porque le dieron trazada recta y colmataron los meandros que hacía por toda la Aguaina, es muy rápido, con fuerte corriente y bordeado por terraplenes muy cortados y altos. Pero ni me lo pensé. Hasta cogí carrerilla para saltar y me lancé al agua. Nadé tras el que bajaba por la corriente y logré darle alcance. Volver fue más difícil, pero fui derivando un poco y logré cruzar de nuevo. Allí con mucha dificultad logré subir un poco por el terraplén hasta que el Chani pudo sacarme agarrándome por el collar. Maldito pato, pero deber cumplido.

El Chani debía creer que ya del otro me habría olvidado y que deberíamos dar la vuelta por un puente que había bastante más arriba. Pero no. Volví a coger carrerilla y al agua otra vez. Lo estaba viendo en la costera de enfrente, mucho menos difícil de subir. Pero otra vez hube de atravesar el río por dos veces, pero ya le tenía pillado el punto a la corriente, tanto a la ida como a la vuelta. Repetimos la operación en el talud y al final salimos todos con bien. Menos los patos, claro. Mi amo estaba que no cabía y nos subimos para el pueblo donde en el bar del Calin le contó mi hazaña a todo el mundo.

«¿Estos no serán también del "andaluz"?», le contestaron en plan guasa.

Yo no sabía de qué hablaban. Me enteré. Resulta que en sus primeros tiempos de cazador le mató un pato doméstico a un señor, andaluz de origen y buen cazador, que cuidaba la finca del Chocolatero. Un pato enorme. Y tanto, como que era de casa y estaba bien cebado. El ánade se había alejado caz arriba.

Y el Chani le arreó tres tiros, tres, y encima lo mostró todo orgulloso en el bar. Hasta que llegó el andaluz preguntando por su pato. El amo no ocultó ni culpa ni vergüenza:

—Empezó como a levantar —más bien daba aletazos en el agua— el vuelo entre las atolas y le tiré. Como estaba tan lejos del Chocolatero no me figuré que era de casa.

Al amo aún le recuerdan hoy el pato del andaluz y creo que aquellos dos cobrados por mí le sirvieron para sacarse la espina. Y aquel día además le tuvieron que dar las gracias, porque al subir entre los carrizos me topé con algo que ya parece cosa nuestra: salvar corderos recién nacidos. Este, un recental blanco como la nieve que aquel día señoreaba la sierra y las alcarrias altas, no estaba solo, sino con su madre, que lo protegía del viento y de sus enemigos entre los carrizos e hizo por mí, pensando que era otro enemigo, un raposo más, en cuanto me acerqué a ellos.

La oveja había parido la noche anterior y allí se había refugiado para defender al cordero de las zorras, que bien que se sentía su tufo y se veían sus huellas en el suelo mojado. Era del primo Juanito, que el Chani la distinguió por la marca y la señal en la oreja, así que fuimos a avisarle y bien que lo agradecieron. Volvimos felices los tres, porque Mari nos había esperado en el pueblo después de dejarnos, como tantas otras veces por aquellos años, encima de la cueva de Nublares para que nosotros dos cazáramos los Yesares, la Aguaina, la Salia y por el Molino Viejo regresáramos a casa. Un día frío, azul en el cielo, blanco en las cumbres y en los llanos altos, hermoso siempre, aquel 7 de diciembre en Bujalaro.

# IX

## MIS VIAJES Y LOS SUYOS

No sé qué he llevado peor, si sus viajes o los míos. O ya el colmo, los de Chani y Mari juntos, cuando me dejaban solo. Esos sí que los aborrecía.

Entre los míos, distingo. Una cosa son las salidas de caza. A esas lo malo es que me deje en tierra. Al coche, a la trasera del Lada viejo aquel, o del Toyota ahora, no hace falta que me suba; bueno, ahora sí porque ya no puedo solo, que de un salto estaba arriba en cuanto veía la cobija esa blanca puesta. Pero otra historia bien diferente ha sido el viaje largo, cuando yo no iba en la trasera del coche, como un señor, sino en una jaula donde me encerraban como preludio de un ajetreo por manos extrañas y soportando, en medio de la oscuridad, ruidos horrorosos. Porque lo malo malo ha sido el avión. Qué malos ratos he pasado.

Los otros viajes, aunque no fueran de caza, siempre me han gustado. Siempre había novedad y luego

109

reencuentro con sitios donde ya tenía algo en el recuerdo. Pronto aprendí el sonido de la palabra y sabía dónde íbamos. Bujalaro fue el primero y el primer destino. Aquel día del chapuzón primero y peligroso en el Henares. Al oír Bujalaro ya empezaba a mover el rabo y a ponerme nervioso. Había monte por delante. O, si no, río.

El segundo fue Ainzón. Allí supe pronto que esperanzas de campo no había muchas, aunque alguna vez sí que salíamos, pero estaba la casa, mi segunda casa, y el patio grande y, sobre todo, un huerto enorme donde podía correr y escarbar lo que quisiera sin que nadie me regañara. Hacer hoyos en la tierra allí estaba permitido.

La casa de Ainzón es baja, sin escalera alguna. Ahora bien que lo agradezco. La primera vez que fui ya me gustó. La gente, además, es buena. Yo me quedo fuera y ellos pasan y me dicen cosas mientras yo los miro desde mi lado de la verja de hierro que recorre todo el frontal del edificio. Hay algunos, hombres mayores sobre todo, que hasta meten la mano y me acarician la cabeza. Me gusta Ainzón y el sonido del habla de aquella gente, como más cantarina que en el pueblo del Chani. De pequeño me gustaba además mucho jugar con cosas que me traía del huerto. Y con lo que más una piña pequeña que un día me traje de un paseo. Le daba con las patas y al final lograba que se metiera debajo de un mueble donde no llegaba a alcanzarla, pero sabía que allí estaba y montaba un escándalo hasta que el Chani o la Mari me la sacaban. Para volver a meterla otra vez en el mismo sitio, claro.

Cuando voy para Ainzón o Bujalaro no me pierdo detalle. Raro será que me tumbe. Me gusta ir mirándolo todo, todo lo que vamos dejando atrás, todos los montes, todos los rastrojos y hasta cruzamos algún río. Supe muy pronto cuándo estábamos para llegar, lo mismo cuándo dábamos vista a El Cerrillar, o luego a Monte Arriba o a Alarilla. No se me despinta un paisaje y distingo bien los nombres. En Ainzón, al principio de ir, había más gente, sobre todo una señora a la que no le gustaba que entrara en la cocina. Pero me trataba bien y me daba de comer cosas muy ricas. Luego ya cuando íbamos estábamos solos. Se me han perdido muchos olores queridos en mi vida.

De cachorro fui bastante por allí, mucho más que ahora, y la segunda vez se lio una buena. Pero yo no supe por qué vino todo aquel alboroto. Yo había estado tan campante y a mis anchas recorriendo todos los lugares de la casa. Lo primero que hice fue buscar mi piña y lloré y lloré hasta que me entendieron y me la sacaron de debajo del mueble aquel tan grande del salón donde yo sabía muy bien que estaba porque yo mismo la había metido antes de irme. Jugando con ella me dejaron y se fueron por el pueblo, por donde yo he trotado poco por no decir nada. Por el campo sí y por el huerto también, pero callejear como otros perros a los que veía campar a sus anchas, pues de eso yo ni catarlo. Si salía era siempre atado.

Cuando volvieron fue cuando empezaron los gritos. Yo había estado por las habitaciones. En una encontré una latilla con un polvo dentro. Lo olí pero no me gustó lo que olía. Algo raro me pareció y le eché una meadilla encima. Aquello desató una conmoción enorme, tan grande que yo me asusté mucho, pensaba que era porque me había meado dentro y que me iban a castigar por ello. Oía una palabra todo el rato, «¡veneno!, ¡veneno!», y cruzarse reproches y echarse culpas. De mal en peor iba la cosa. Me cogieron en brazos y me llevaron a otra casa. Me dejaban en el suelo y me miraban. Yo estaba tan campante, un poco asustado sí, pero muy poco, y en un tris levanté la pata y, zas, otra meadilla.

Hablaban mucho y al final acabó la cosa en que me hicieron tragar no sé qué cosas que sabían muy mal y aquel señor, que tenía las mismas trazas del que me había pinchado en Madrid, me ponía cosas por el pecho y la barriga. Ya me temía el pinchazo, pero me llevaron de nuevo a casa y no dejaban de mirarme ni un minuto. Encima no me daban de comer, pero me dejaron ponerme tibio de leche. Y siguieron mirándome hasta que me hice una rosca y me dormí como un bendito.

De Ainzón tengo buenos recuerdos. Íbamos cuando hacía mucho frío o cuando hacía mucho calor. Cuando el frío aun me sacaba el Chani por Huecha Seca y con calor también fuimos algún día y algunos más desandábamos el camino y acabábamos en Bujalaro cazando codornices que luego llevábamos muy ufanos en manojos y todos me felicitaban. No sé si sabían que casi todas eran de las que huelen a pienso y a cerrado. Las sueltas de los «canarios» y de ese que me imita cuando aúllo. Una vez vino con nosotros un señor que hablaba pero que muy raro. Me llamaba «chien» o algo así. El Chani me dijo que tenía que quedar muy bien aquel día y yo, por una vez, le hice todo el caso. Los canarios soltaron codornices en una finca donde hemos ido también bastantes veces, Monte Alto, y yo di un recital de mostrar y cobrar. El señor que hablaba raro volvió muy contento y en la casa de Ainzón, donde nos esperaba mucha gente que también hablaba raro, hasta Mari y el Chani hablaban también de vez en cuando de esa manera y yo sí que no entendía nada, todo fueron parabienes y el «chien», o sea, yo, fui el centro de atención y el orgullo del amo.

Eso fue no hace tanto y hace poco es cuando lo pasé mal de verdad en Ainzón. En una salida anterior al campo se me metieron unas espigas de esas malas de verano entre los dedos de las manos. Me sacaron algunas, pero dos se clavaron dentro. Vino uno de esos señores que pinchan y logró quitarme una, pero la otra se había subido tan arriba que no hubo manera. El Chani me sujetaba y el otro hurgaba, pero no había forma y solo conseguían hacerme daño, tanto que al final ya me rebelaba.

Me pusieron hasta un calcetín, que no paraba hasta que me lo quitaba, y todos los días venía el de los pinchazos y me metía un chorro de un líquido por la herida. Pero nada. Aquello parecía cerrar y luego otra vez supuraba. Tuvo que ser de vuelta ya en Madrid y el veterinario que ya conozco hasta por el nombre, Carlos, quien arreglara aquello de una maldita vez, porque yo veía que acaban por cortarme la pata. Finalmente dio la cara la dichosa espiga mucho más arriba de donde se había metido, pudieron extraérmela y pude de nuevo salir al campo, aunque desde entonces a la vuelta la Mari me revisaba una y otra vez hasta asegurarse de que no hubiera otra de aquellas malditas. ¡Qué malas son y parece que no hacen nada!

Pero vuelvo a los viajes. Esos eran los buenos. Los malos, aunque luego estuviera el cruzarse las calas a nado, eran los de Menorca. Y lo peor cuando me encerraron en una jaula y me llevaron a un lugar lleno de gente andando rápido, con mil bultos, un lío de miedo y encima de pronto mis amos que se fueron y yo que me quedé solo y enjaulado, encima de un carrito con el que me llevaron al lado del monstruo al que me subieron por una cinta y allí me quedé en su barriga.

¿Qué quieren que hiciera? Pues no parar de protestar ante tanto atropello. Hasta que me cansé. Me habían hecho tragar unas pastillas y me daban sueño, pero yo me negaba a dormirme y no me dormí. Para dormirme estaba yo con el miedo que tenía allí en la oscuridad…, y de pronto que aquello se pone a moverse conmigo dentro y luego como que parece que se va por los aires y el estómago que te hacía algo muy raro. Avión lo llaman. Una tortura. Cuando me bajaron otra vez la misma pesadilla de gentes y dando vueltas. Aullando iba a todo aullar hasta que de pronto vi mi salvación, o sea, a mis amos.

Luego por la noche, en Menorca, en la casa, es cuando me hicieron efecto las pastillas y me quedé dormido como un muerto. No sé el tiempo que estuve durmiendo del sofoco, de lo que me habían dado y de aquella pesadilla que había pasado. Que no fue la última, y aunque me ponían camisetas del Chani en la jaula para que me tranquilizara, yo seguí pasándolas igual de mal.

Todo el viaje en tensión y ya en tierra una noche y un día entero durmiendo hasta que me recuperaba.

Así que prefiero el barco. Fuimos así una vez y aquello fue otra cosa. Llegamos hasta un lugar que olía a mar y subimos con el coche a uno. Yo me tuve que quedar en la bodega, pero, bueno, estaba en el coche de siempre, con el olor de los amos y además estos bajaron a verme. Fue otra cosa.

Marearme, sin embargo, no me he mareado casi nunca. Ni en el coche, ni en el avión ni en el barco. Yo he vomitado por atracones, alguno hasta de agua después de una calorina, o de puro ansioso al comer o cuando los perros lo hacemos tras comer hierba para purgarnos, que eso sin que nadie me lo enseñara lo he hecho yo desde pequeño y se queda uno tan a gusto. Cuando vomito en casa, como soy perro limpio, hago todo lo posible por alcanzar los papeles del patio. Si no lo consigo, me preocupo, pero por eso jamás me han regañado, sino que al contrario hacen que me sienta bien acariciándome. No es culpa mía, aunque lo lamente.

Pero peor que mis viajes son los suyos. Ya les he contado lo del sombrero de lona y el macuto verde de mis disgustos. El Chani se ha ido mucho y hubo unos años que no paraba. Empezó la cosa muy fuerte en el 98. Y yo me puse enfermo, por otras cosas, pero también porque lo echaba de menos. Llegaba y ya se estaba volviendo a ir. Lo malo, ya digo, es cuando se marcharon los dos. Aquella primera vez de la perrera fue la peor porque creí que me abandonaban. Luego hubo otra, se marcharon y yo me quedé con una señora en casa. Se llamaba Chelo, era muy amiga y me cuidaba muy bien.

Volvieron con olores muy extraños, sobre todo del segundo viaje, y el Chani me decía:

—Allí se comen a los perretes, Lord, allí sí que no te llevamos. Allí serías tú el conejo.

Por lo que me explicaron lo que había era como unos gatos enormes. De dar miedo, porque un gato ya es de alivio, pues cualquiera se las ve con uno que sea del tamaño de un borrico. Que te come en un suspiro, vamos.

Eran los viajes de la Quetzal y del Camel Trophy en los que se empezó a meter el Chani justo en aquel año del 98. Venía de uno que era un mes largo en el verano y se iba al otro. Luego, además, se marcharon los dos a África y aquello era un sinvivir para mí. Y la cosa siguió parecida al año siguiente, que a mi amo parecía haberle picado una avispa y no sabía parar quieto. Yo le notaba raro y lo malo es que empecé a notarme también más que raro a mí. Pero en él era una cosa, y en mi caso muy, diferente. A él lo notaba triste, pero a mí me estaban abandonando las fuerzas. En el calendario de los hombres aquello fue el año 99. Yo tenía cinco años y estaba para cumplir los seis cuando me vine abajo. Pero no quiero adelantarme. Porque ese fue un momento muy duro y casi final de mi vida y quiero hacer memoria. Lo que sí recuerdo bien es que cuando me dio un primer bajón estaba también solo porque ellos se habían vuelto a ir donde los gatos son tan grandes que se meriendan a los perros de un bocado. Por eso y por toda mi experiencia en ellos, a mí, los viajes, los largos esos, ni los propios ni los del Chani me han ido demasiado. Y de comer, que es lo que me interesa, jamás me han traído nada.

# X

## CUANDO NO PODÍA NI

## LEVANTAR LA PATA

Los años finales del milenio se nos dieron mal al Chani y a mí. Las cosas se torcieron y empezaron a presentar síntomas que desembocaron en un comienzo de aquel famoso tercer milenio en el que no entramos ninguno de los dos ni con buena pata ni con buen pie. Yo en realidad casi ni entré porque no me podía ni tener. Pero vayamos dando la mano sin adelantarnos, como yo tengo por costumbre, que si no nos dejamos atrás toda la caza.

Ya en el 98 nos quedamos sin Monte Arriba. Allí habíamos pasado jornadas inolvidables, pero se acabó. Cuando se abrió la veda allí se vio que la pluma había volado y que no quedaban tres rabos. La cuadrilla estaba desolada y los perros aburridos de trastear sin dar con un rastro. Encima me lesioné. No había salido apenas y con el terreno tan reseco me aspeé las dos almohadillas delanteras. Le había cobrado un conejo herido a Adolfo y volví ya cojeando. Pero no era, como siempre, de atrás ni de mi displasia, sino de las manos. Me las curaron, pero estuve varios domingos sin salir. El Chani se iba solo y yo lloraba. Luego a la vuelta me dejaba la caza para que al menos se la entrara a Mari. Estaba, eso sí, muy cariñoso conmigo. Yo creo que me había echado de menos todo el día. Cuando por fin volví a salir estaba como ido y me llevé alguna bronca por morder demasiado la caza. La poca que había. Un día vino el sobrino del Chani, que es un joven periodista con el que me llevo muy bien. No ha cazado en su vida, pero se estrenó con una liebre, que para no faltar a mi costumbre le eché yo. El chaval, que ahora anda por China, no ha repetido. No parece que tenga mucha afición.

A nosotros casi se nos quita porque dar vueltas por el campo sin ton ni son no es plan. Al final la cuadrilla decidió dejar el coto. Se discutió el porqué del bajón. Unos lo achacaban a las labores agrícolas que los nuevos propietarios llevan a cabo y otros a las perdices de repoblación, esas que huelen a pienso y que a veces salían por las lindes el año pasado, que han trasmitido enfermedades a las salvajes. No me gustan nada las perdices con olor a pienso y me parece que al Chani tampoco le hacen ninguna gracia.

Hicimos algún viaje juntos. Uno a Ainzón, el pueblo de Mari, y unos amigos, los Bordejé, nos dejaron cazar en una finca, Huecha Seca, un inmenso viñedo con algunas laderas de baldíos. No hay apenas caza, el año es malo en todos los sitios, pero sin que el Chani dispare un tiro volvemos con una perdiz que le cobro. Estaba alicortada de otros cazadores y me hice con ella en una reguera.

Hubo también algún día bueno. Ese amigo tan alto, Juan Hermoso, nos invitó a un término de Cuenca a pasar el día. Me volví a encontrar con el campeón Tragacete. Por la mañana hice mucho el abanto. A ver, después de no ver caza aquello era un paraíso de rastros. Tragacete le dijo al Chani que estoy muy mimado y él otorgó callando, qué remedio, pero yo me piqué y en la segunda mano me puse serio y conseguí que el amo se colgara cinco perdices para taparles la boca. El Tragacete ese, además de ser tan bueno cazando, hace unos guisos camperos que están para comérselos de una sentada. Y nos ponemos tibios los cazadores y los perros.

Eso y algún día que me reencontré con el *teckel* del bueno de Paco el de la Hoja es donde pude morder algo. También volvimos por El Cerrillar con Adolfo, Lorenzo y su pareja de veteranos *drahthaar*, de lo mejor que he visto en el monte, aunque en las tiras yo soy el campeón de los conejos. Además, son perros que van a lo suyo sin meterse con los demás y eso se agradece. El año es pésimo en todos los sentidos —menudo el que eligió el Chani para cambiar de escopeta, casi ni la estrena— porque a todo esto Chani y Mari empezaron a irse y dejarme días y más días solo. Demasiadas veces vi descolgar ese macuto verde y ese sombrero de lona que tan mala espina me da. Este año han sido tres o cuatro veces las que he presenciado la operación y sé que su ausencia va entonces para largo. Dos veces, encima, Mari se marchó con él y, aunque me quedé en casa y cuidado, los eché mucho de menos.

Cuando el Chani dio por finalizada la temporada ya por febrero de 99 y después de haber vuelto de no sé dónde, pero debía ser muy lejos por los olores tan extraños que traía, me quedé toda la tarde a su lado mientras limpiaba y engrasaba escopetas y achiperres. Luego lo guardó todo muy cuidadosamente, para lo que es él de descuidado, en el armario que hay bajo la escalera. Es un cuartito donde casi solo entra él y donde yo sí que asomo la cabeza cuando lo veo meterse, a ver qué saca. Si morral y collar, me pongo contento. Que rifle y botas altas, pues a aguantarse tocan. Y ahora ya ni una cosa ni otra. Ahora a aguantarnos los dos. Habrá que esperar que el año que viene se nos dé mejor. Al final de este la verdad es que me he encontrado un poco cansado, y mal. Algo no me funciona y no sé muy bien qué es. Cuando él se fue en verano caí malo durante su ausencia y me tuvieron que poner alguna inyección. No acabó bien la temporada, no.

Lo que no sabía es que la que me aguardaba iba a ser más mala aún. La peor de mi vida. Y eso que pareció empezar mejor que mejor. La cuadrilla tenía nuevo cazadero, pero, aunque había algunos nuevos y una casa y un señor muy grande con un vozarrón, a la mayoría, perros y amos, ya los conocía de Monte Arriba. El cazadero se llama Alarilla y es un pueblo con un gran cerro chato sobre el Henares, la Muela, y otro afilado, el Colmillo, que se confrontan en medio de llanos y lomas. Hay mucha perdiz, pero se caza diferente. Unos andamos y otros esperan. No me gusta cuando me toca de lo segundo y prefiero ir en las manos, pero a veces hay que aguantar y, aunque me llevan los demonios, consigo, generalmente, sujetarme.

Cuando uno llega a un nuevo cazadero hay nuevos perros. Las perrillas son una alegría, pero los otros machos, un problema. Hay bretones como yo; con el Bond de Javi no hay líos, pero con otros sí. Y con uno acabé enganchado. Yo no soy peleón porque el Chani no me ha dejado nunca meterme en bronca, pero ese día no aguanté más y la liamos. El otro perro se cree «sabe Dios qué» y no deja de provocarme. Es casi la pelea más fuerte que he tenido y no me fue nada mal, aunque el labrador cruzado era fuerte, el pájaro. Nos separan y veo que el otro, de refilón y conmigo ya sujeto, le acaba dando un colmillazo al Chani en la mano. Siempre le pasa al hombre lo mismo. Él no quiere que haya peleas, pero hay algunos que parecen disfrutar con ellas y no sujetan a los perros. Desde aquel día ni el amo se lleva bien, tampoco mal, pero guarda las distancias, con el del otro cazador, ni yo quiero cuentas con su labrador.

Pero el cazadero es hermoso, sobre todo la zona de los Siete Picos, que remata en el Colmillo. Hay sembrados y manchas de monte bajo y algunos chaparrales y retamares. A mí me va la cuesta, aunque canse. Es la mano que más me gusta. Hay otra desde el río por barbechos pelados que, por el contrario, no me pone nada. Y una final, viniendo por la Muela, que se las trae, pero que remata debajo del pueblo y allí siempre saltan, al final, perdices. Y fue allí donde aquellos cansancios que arrastraba se convirtieron en enfermedad y de las malas.

El Chani tiene apuntada la fecha, el 5 de diciembre de 1999, y al principio pensó que era uno de mis conocidos bajones y cansancios por la displasia. Era un día gris, de bastante frío que se acabó metiendo en agua. Pero estuvimos cazando muy bien. Yo al final no podía con mi alma, pero le saqué dos últimas perdices que se colgó para hacer un total de siete piezas. Iba tan contento, cuando vio que me quedaba atrás y que no podía seguir. Se le cambió la cara. Ya no quiso saber más de caza. Acabé tumbándome en la cuneta del camino. Me cogió en brazos y me llevó hasta el coche. Pensó que se me pasaría con descanso, pero a la semana siguiente fue a más. Me pincharon y pareció que me entonaba. Y entonces, él y Mari, y el puñetero sombrero, se marcharon. Y aquello sí que fue a peor. Enfermo y solo no tenía ganas de nada, solo de dormir y como de no despertar. Ni siquiera, para lo que yo soy, ni de comer. Pero, bueno, algo comía. Comer fue quizás lo que me salvó la vida.

Pero antes habían pasado muchas cosas que estaban afectando también a mi compañero. Aquel 99 algo pareció romperse en él. Algo que disimulaba y que a los ojos humanos no se descubría, pero que el instinto animal sí detectaba. Un perro sabe mirar más dentro y todo él comenzó a exudar un halo de descontento y desamparo, de ansiedad y soledad que lo hacía vulnerable. Momentos de excitación daban paso al abatimiento. Ni siquiera las jornadas de campo le serenaban. Algo parecía agitar su pulso de manera continua y un silencio hosco parecía envolverlo.

En su trabajo las cosas no iban bien y había demasiados gritos en la casa. Algunas noches llegaba muy tarde y yo, que le esperaba abajo, veía cómo caía deslavazado en un sofá, donde mal dormía agitado y sudando, y un olor agrio quedaba luego en la mañana por toda la habitación. Me molestaba, pero aguantaba a su lado comprendiendo que las caricias de su mano más que dar aliento lo buscaban, y un nudo invisible, una lealtad que venía de mucho tiempo atrás, de cuando ni siquiera los hombres contaban por milenios, el viejo vínculo, me impulsaba a estar cerca y a que mi presencia nunca le faltara. Algo le estaba haciendo mucho daño, lo derruía por dentro y yo no podía hacer otra cosa que sintiera que, al menos, yo estaba allí, a su lado.

Pero algún resorte se activó en él, un asidero al que se agarró con todas sus fuerzas y no poca desesperación. Pareció descubrir de nuevo el viejo camino por el que hacerse fluir y comenzó a escribir de manera compulsiva y continua. Lo hacía durante tanto tiempo a veces, que hasta a mí y a mi perruna paciencia, acostumbrado a la largas horas dormitando mientras él se ensimismaba, acababa por aburrirme y darle con la pata en el teclado para que me hiciera caso o al menos me abriera la puerta del patio para acercarme a los papeles donde hacer mis cosas. Fue cuando escribió *Nublares*, su primera novela prehistórica, y nadie más que yo sabe que algunas de las lágrimas de Ojo Largo, que el lobo que le acompañaba lamía, eran las que yo había encontrado en algunos instantes de desolación en su propia cara. Y a nadie debe extrañarle en absoluto que me la dedicara: *A mi perro Lord* es lo que pone en la primera página, y que dejara todavía más claro el porqué cuando le puso punto final y escribió, después de ponerlo en la última: «Acabada de escribir en Madrid, en mi patio a las 23 horas. Bajo el níspero y junto al rosal y la pequeña encina en la noche del 15 de junio de 1999. Una hermosa y serena noche. Mi perro Lord estaba a mi lado».

Yo estaba allí y estoy en toda esa obra, como el más leal de los compañeros. El lobo Nariz soy yo y eso cualquiera, por muy zoquete humano que sea, puede verlo de inmediato. Hasta hizo alguna trampa literaria para que no hubiera duda en el reconocimiento. No solo eso. En toda la serie y en la continuación de la saga, en *El hijo de la garza*, aparece mi semilla y quiso dejar patente mi rastro: «Escribí esta novela en Fornells (Menorca). Le puse fin un 10 de agosto de 2001, poco antes del atardecer frente al cabo de Caballería, en uno de cuyos acantilados oí gritar antes a un veloz halcón de Eleanor. La tramontana sopló en la noche y trajo esta mañana espumas a cala Tirant, pero luego se alejó el viento y se aplanó el mar. Mi perro Lord quiere que nos vayamos a pescar».

También he estado presente, o al menos evocado, en la obra con que hace apenas nada ha cerrado la trilogía: *El último cazador*. Ahora sé y me lo tiene prometido que en lo que tiene entre manos, *El lobo y el fuego*, mi estirpe, la estirpe de mis antepasados, aquellos que llegaron a sus hogueras cuando los hombres no contaban los milenios, estará bien reflejada y que de alguna forma lo vivido entre ambos, lo que de mi sentir y el suyo juntos, lo que hayamos podido aprender el uno del otro servirá para que pueda explicar ese vínculo trabado y nunca roto que un día se estableció en medio de los hielos.

Cuando acabó *Nublares* pareció emerger, como que se liberaba al tiempo de algo que lo agarrotaba. Dejó finalmente su trabajo, el que durante tantos años le había mantenido ligado a la revista que ahora dirigía, *Tribuna*. Parecía que todo se recuperaba, que volvía a la normalidad, pero yo seguía sintiendo en él una aguda soledad que nada restañaba y sentía su necesidad de huida. Presentía sus ansias. Supe que se marcharía. Lo había empezado a hacer el año anterior, pero ahora los viajes se engarzaron los unos con los otros. El sombrero de lona y el macuto verde de su Ruta Quetzal no solo se descolgaba para aquella larga expedición, sino para muchas otras, y nada más llegar ya parecía estar queriendo volver a partir.

De todas ellas regresó al fin en otoño y pareció que todo había retornado a su cauce. Pareció volver la alegría y su vivaz manera de vivir la vida. Todo pareció recompuesto, pero un perro sigue mirando más allá de los humanos. Un perro percibe el olor de lo más hondo, de lo más profundo, eso que ni siquiera acaba por hacerse imagen y palabra en el pensamiento de los hombres, pero que late en la entraña del animal que también y como yo es un hombre. Y yo he sabido y sentido desde entonces que parte de esa sombra permanece, como un jirón de niebla triste, como un frío gris en su interior y que nada ya nunca logrará del todo disiparla. Hay en ella, y yo lo sé, más que desengaño, más que culpa, más que haberse y habernos fallado, hay desesperanza en él mismo y en todo lo que le rodea, hay algo que no alcanzo a comprender y que se traduce en una mirada que se resiste a perder la bondad, pero que ya no puede ser ingenua, que se quiere resistir a la evidencia de la derrota, pero que se sabe incapaz de variar su inevitable deriva.

Pero había sonrisas cómplices cuando llegó el frío de aquel fin de milenio. Y entonces, cuando parecía que todos nos calentaríamos a la lumbre de la chimenea, es cuando la enfermedad me alcanzó y ellos, como ya he contado, me dejaron solo.

Lo cierto es que otras veces había regresado casi tan mal como aquel día de diciembre en que volví derrengado de Alarilla. Pero aquella vez era diferente. El descanso no me recuperó. Algo me estaba royendo. Por la casa comenzaron a desfilar veterinarios. Los pinchazos parecían componerme, pero al poco tiempo recaía. Un tratamiento pareció dar mejor resultado y, dejándome al cuidado de Chelo, que se quedaba en la casa conmigo, ellos se marcharon. Cuando regresaron, mi estado era ya lamentable.

No podía apenas valerme, me caía de los cuartos de atrás, levantarme era un suplicio de dolores y un esfuerzo que me dejaba agotado. Seguían haciéndome pruebas, que si el «mosquito», decían, que si el «gusano», y seguían viniendo veterinarios. Uno hasta había decidido y estuvo a punto de operarme de mi vieja displasia. Menos mal que al final no logró convencer ni a Chani ni mucho menos a Mari. Pero yo iba cada vez a peor. Apenas si podía dar más que cortos paseos y en uno de ellos, al intentar levantar la pata para soltar mi meada, me derrumbé y ya no pude ni siquiera incorporarme. El Chani me recogió en brazos y me llevó desesperado hasta el cojín donde quedé tendido, sin poder levantarme. Parecía mi final.

Pero entonces apareció Cristina. El Chani utilizó influencia y pidió favores que para nadie hubiera pedido, pero sí pidió para su perro, y acabé en manos y brazos de mi salvadora. Cristiana, hermosa, cariñosa y firme, era catedrática en la Facultad de Veterinaria y fue ella quien acabó por descubrir el origen de mis males.

Había sido una garrapata. Un bicho inmundo y maligno que no contento con chuparme la sangre me había transmitido una extraña enfermedad, la erliquiosis, que me tenía ya casi paralizado y a un paso de la muerte. Mi resistencia, mi fortaleza fueron incluso más perjudiciales. A la enfermedad en sí se añadía ahora que había desarrollado ciertos anticuerpos que habían acabado por dejarme inmunomediado. O sea, hecho un verdadero guiñapo. Parecía, pues, incapaz de recuperarme.

Pero Cristina me salvó. Lo primero que hizo fue, descubierto el origen, acabar con lo que me había transmitido el bicho. Un tratamiento muy fuerte lo consiguió en no mucho tiempo y mi regreso a la Facultad de Veterinaria lo hice ya por mi propio pie. Cristina y sus ayudantes y alumnas, casi todas eran chicas, salían a saludarme y pocas veces me he sentido tan adulado porque todo eran caricias y decirme «¡Pero qué perro más guapo y más valiente!». A mí siempre me ha gustado mucho que las chicas jóvenes me digan guapo y me hagan mimos. ¿Y a quién no?, ¿eh, Chani?

Pero si bien la erliquia y la erliquiosis habían desaparecido, sus secuelas no lo habían hecho. El futuro que me auguraron fue que, como mucho, podría llevar una vida casera, pero que jamás podría ya volver al campo. Mis patas y articulaciones estaban rígidas e hinchadas. Cazar se había acabado definitivamente para mí. Eso le dijeron, ante la desolación, al Chani, que sabía que eso era, para mí, lo peor que podría pasarme.

Pero no contaban con Mari. La sabiduría científica de Cristina se alió con el conocimiento y la experiencia en plantas y remedios naturales de mi ama. Y su tesón y empeño en componerme. Los remedios y cuidados combinados de ambas, que se llevaban de maravilla, lograron lo que parecía un imposible. En siguientes visitas, Cristina no daba crédito a mi mejora. Poco a poco volvía la elasticidad a mis miembros y la fuerza a mi cuerpo. Hasta cartílago de tiburón he tenido yo de dieta, y de verdad, no del de los restaurantes chinos.

Pero aún me quedaba mucho por recorrer. Cuando el Chani volvió a marcharse aquel verano a uno de sus más largos viajes, que le tuvo cerca de dos meses fuera de casa, no soñaba que me fuera a encontrar a su regreso dando saltos y cabriolas, recibiéndole para su sorpresa y alegría con el gozo de un cachorro que quería gritarle y le ladraba toda su energía y su contento y sus entusiastas ganas de volver al campo con él.

No fue ni fácil ni inmediato, sin embargo. Aunque ya Cristina había abierto la posibilidad de que con mucho tiento pudiera regresar a alguna expedición campera, había que tomar todas las precauciones. El Chani lo estaba deseando tanto como yo y allá por octubre, a un paso de abrirse la veda, escribía: «Espero que con permiso veterinario pueda acompañarme mi perro, que anda, el Lord, aún convaleciente de una picadura de una garrapata canalla. Si viene no me importará a mí hacerme incluso un poco el cojo para que vayamos al mismo paso y, si no puede, le echaré de menos, y no solo porque no me cobre las piezas, que es lo que mejor hace, sino porque el verlo rabotear ante mí me pone tan alegre como triste el recordarlo en su ausencia».

Por fin, el día 29 de octubre del 2000, tras cien recomendaciones, la promesa de que solo cazaría un pequeño rato, de que al menor síntoma de fatiga regresaríamos al coche de inmediato, de que siempre estaríamos cerca de un punto de agua, de que ni por lo más remoto se le ocurriera forzarme y no sé cuántas cosas más que una y otra vez le repitió al Chani, este me volvió a poner el collar de caza y yo salté a la trasera del coche más contento que un cachorro con un rabo. Fuimos a Alarilla, al mismo lugar donde hacía casi once meses había tenido que cogerme en brazos. La cuadrilla me recibió, hombres y perros, excepto el labrador borde, con zalema y alborozo. Verme trotar delante de ella hizo que el Chani durante todo la jornada cazara con la sonrisa puesta, y la mejor prueba de su estado de ánimo, del de los dos, diría, es cómo anotó en su cuaderno, al regresar, aquella jornada:

«Vuelvo contento porque el Lord ha vuelto a cazar conmigo. Debo cuidarlo mucho y aún se resiente de las patas y articulaciones. Solo doy con él una de las manos y como es pura voluntad se comporta como un jabato y acaba por demostrar su mejor cara con uno de sus cobros espectaculares. Toco por fin una perdiz que planea y se deja caer en una rastrojera. Al fondo de la misma un arroyo con mucha maleza y zarzas. Bajamos corriendo tras ella. El Lord coge de inmediato su rastro y la sigue. Llega a la reguera y a las zarzas. Me parece que será muy difícil que ahí la encuentre. Pero al final la sigue, la persigue, da con ella y la saca a lo limpio en la boca. Le dejé que la llevara un buen rato, hasta que él quiso venir a dejármela en los pies. Ya en casa se la ha llevado orgullosamente a Mari. Veo que descansa y se recupera bien y sin dolores. Con tiento podrá cazar. ¡Qué alegría!».

Y la compartimos, aquella y muchas temporadas más. Volví al campo y a la caza. A lo que es mi vida. Volví a ser el perro que había sido y yo diría que aún mejor. Mis años buenos aún estaban por venir. Pero algo había cambiado. Y me hacía mover con mayor energía el rabo. Notaba al Chani todavía más cercano, no sé si por alguna mala conciencia de haberme dejado en algún momento solo, por el recuerdo de que yo a él no le había abandonado o porque me comprendía y me quería más y mejor. Pero algo nos había unido aún más, había anudado todavía más prietamente el viejo vínculo. Cuando además, a finales de aquel año, vio la luz su libro *Nublares*, pregonó aquel cariño a los cuatro vientos y yo me sentí orgulloso de que lo pregonara, aunque algunos que no entienden nada y sienten menos se rieran de él. Así está escrito y publicado:

Algunos se han sorprendido de que mi última novela, *Nublares*, esté dedicada a mi perro Lord, el *épagneul breton* que me acompaña desde hace más de cinco años en la caza y en muchas otras cosas. Desde luego los sorprendidos no son cazadores, porque en nuestra «tribu» sabemos hasta qué punto es una dedicatoria merecida.

Fue el perro el primer animal, entonces lobo, que vino a vivir con el hombre. Pero no solo fue el primero, además existe un hecho profundo y diferencial con las otras especies domesticadas. A ovejas, cabras, cerdos o vacas se los amansó para luego ser comidos, mientras que el perro fue un compañero.

Y lo ha sido magnífico y leal desde hace más de diez mil años en que vivían los paleolíticos de mi *Nublares* hasta hoy. Y lo seguirá siendo a pesar de que algunos humanos se comporten con ellos con tal crueldad que si reflexionaran los canes quizá se cuestionaran si hicieron bien en arrimarse a los fuegos de los hombres.

Porque hay que decir que hasta en los casos, ahora tan aireados, de los perros agresivos, la última culpa de la violencia hay que buscarla en los amos.

Lord, que en realidad se llama Lord Jim en homenaje a la novela del mismo título de Joseph Conrad, ha estado enfermo durante dos meses. El día de la presentación del libro, esa era la única nube sombría sobre mi cabeza. La posibilidad de que se tratara de una rara e irreversible enfermedad me llenaba de preocupación y de tristeza. Por fortuna ya sé que no es así y ahora, tumbado a mi lado mientras escribo, ya sabe que los dos volveremos a cazar juntos.

Se me vino abajo después de una hermosa y dura jornada de perdiz «en mano» por tierras de Alarilla (Guadalajara). Lo había notado algo «tocado», pero su particular «alegría bretona» le hizo disimular los males que acarreaba larvados hacía tiempo. Luego un calvario hasta saber mucho después que lo que le trajo por el camino de la amargura, hasta que fue descubierto y combatido, era la picadura de una maldita garrapata de no sé qué especie, pero sí de condición maligna y singular habilidad para ocultar sus desmanes a los veterinarios. Menos mal que al final le hicieron dar la cara y la infección fue atacada de raíz.

Hoy estoy contento y puedo acariciar a mi perro y a mi libro al mismo tiempo. El que me hubiera faltado el primero me hubiera amargado el segundo, lo que sin embargo pensamos Lord y yo es que, en el complicado pero complejo y positivo mundo natural, esas malditas garrapatas no tienen otra cosa que hacer que la puñeta. Que hay especies que a mí, digan lo que digan algunos ecólogos, no me importaría lo más mínimo que se extinguieran. Ni a Lord.

# XI

## YO ES QUE ME LO COMO TODO

Dicen que Cristina me salvó la vida, y es cierto y agradecido les estoy a ella y a todas aquellas alegres chicas de Veterinaria, y aún más a Mari, que consiguió que no fuera, para los restos, poco menos que un inválido. Lo sé y lo reconozco, pero yo creo que a mí lo que de verdad me salvó es que me lo como todo.

Porque yo ni cuando peor estaba he dejado de comer. Me gusta casi tanto como cazar y creo que solo se me despista una posibilidad de un bocado si hay un rastro de perdiz delante. Y es que me gusta todo, pero que todo. Por las mañanas, lo que más, desayunar con él en su despacho, compartir el melón, algo de tostada con aceite, yogur y lamer el fondo con miel de la taza de té.

Pero es que, vamos a ver, ¿qué no me gusta a mí? Pues buscando buscando diría que a lo único que no he cogido afición ha sido al marisco, del mejillón a la gamba. Y creo que a poco más he hecho ascos. Porque la carne, ¡claro!, toda, que por algo soy un carnívoro, sea volatería, ovino, vacuno, cerdo o casquería; y del pescado, con preferencia por el azul —me chiflan los boquerones fritos—, tampoco hago queja ninguna. Lácteos los que me pongan, con particular devoción, esa común a todo perro que por tal se tenga, por el queso. Pero es que yo no le hago desprecio a cualquier puré, a cualquier gazpacho y no digamos si hay delante potajes, sean de garbanzos, de lentejas, de alubias, y no digamos ya si son gachas de almortas.

¿Y los crudos? Pero que muy ricos. Mis favoritas las judías verdes, me he pasado la vida quitándoselas a Mari de la cesta de la compra, pero me gusta también cualquier tipo de ensalada y, aunque eso sí, que la verdad muy poco, pero alguna me he comido, incluso la cebolla y la zanahoria. El ajo, buenísimo, por supuesto. Verdura hervida, toda. Las patatas cocidas las considero exquisitas. Fruta de la más variada, con pasión por dos: la pera y el melocotón. Para mí la mejor fruta del mundo es el melocotón, y tienen que andar con cuidado porque me lo como con hueso y todo. Después aquello no pasa y acabo por vomitarlo. Podían ser del tamaño de los albaricoques. No me olvido de la sandía, otra de mis preferidas, y cómo me las apaño para apurar los cascos. No dejo ni un brizna colorada adherida a la corteza. Y la manzana, el plátano y las frutas tropicales son manjares, y ya no digamos las uvas. Me encantan las uvas. Anda que no nos hemos comido racimos a medias el Chani y yo y lo que he disfrutado corriendo detrás de las que rodaban.

Para qué seguir con recetas. Lo dicho. Yo me lo como todo. Con decirles que hasta me como las aceitunas aliñadas y los boquerones y los pepinillos en vinagre, creo que está dicho todo. Y ese comer variado y generoso mío yo creo que es lo que me ha dado fuerza y resistencia, amén claro de que en el pienso siempre han venido de esas cosas que me ponen entre el aceite y que son las que devolvieron a mis articulaciones flexibilidad y movimiento. Bueno, también el ser tan tragón ha hecho que de mayor, y con el menor ejercicio, acabara cogiendo algunos kilos de más y me tuvieran que poner a más dieta. Ahora la verdad es que sigo comiendo, las ganas no se me han ido nunca, pero como que no me aprovecha ya tanto. Me estoy quedando, para lo que he sido, un poco en los huesos. Pero gordo, lo que se dice gordo, nunca he estado, porque con mi resurrección llegaron los mejores años como cazador y como perro campero. Cogí una fuerza de miedo y un aguante aún mayor que antes. Que quien era un tiro era yo y que la primera media hora no había quien me sujetara.

Así que le voy a dejar al Chani que, con la ventaja de su cuaderno donde apuntaba nuestra salidas, recuente aquellos días, mi primera temporada después de la enfermedad que estuvo a punto de acabar conmigo. Salimos casi todos los domingos, al primero con tiento y luego cada vez más sin cuidado. Algunos no había mucho que contar excepto las piezas que traíamos, pero otros sí que merece la pena recordarlos.

«9 de noviembre. Alarilla. Guadalajara. Me llevo al Lord de zorzales para que vaya cogiendo fuerza.

No es una pieza a la que esté acostumbrado, pero aun así me ayuda a cobrarlos».

«12 de noviembre. Ablates. Toledo. Fuimos a conejos y acabamos con faisanes, que los hay salvajes en unas grandes juncadas y riberas llenas de maleza al lado del río. Saca cinco y cobra cuatro. El quinto casi lo engancha, pero al final se le escurre por el otro lado del río y por un lugar donde le es imposible entrar. Está fenomenal y aguanta muy bien, casi como antes. Yo tiro muy bien. Paco el de la Hoja y su perro, un pelo más joven que el Lord, el Rocky, son la mejor compañía en la que también están dos buenos amigos, José Luis el Cuñado, periodista y mi mejor consejo en la Federación, y Aquilino, un hombre de Televisión, que tiene una perrilla, Anita, que es como un garbancillo».

«19 de noviembre. No me gusta la forma de cazar en Alarilla. Son ganchitos donde no se sigue la mano y no se caza con seguimiento de la perdiz ni con una mínima libertad. El Lord se empieza a ir a casa Dios. Está cada vez más recuperado, pero tendré que ir viendo cómo sujetarlo o no me va a dejar tirar una perdiz».

«Día 26 de noviembre. Bujalaro. Guadalajara. Cazo solo con Lord. Cazo en libertad bajo Nublares. Bajo la cueva recreo las escenas que yo mismo he imaginado y recreo los personajes que allí vivieron y a los que yo he vuelto. Desciendo hasta el río y caminamos aguas arriba. Remonto de nuevo a los Yesares y del segundo disparo, lejísimos, bajo una perdiz que llega volada. Ha caído de ala y apeona a toda velocidad remontando una cuesta llena de aliagas y traspone al otro lado fuera de mi vista. El Lord llega al pelotazo y enhebra raudo por el rastro. Cuando asciendo lo veo al otro lado del siguiente barranco. Incrédulo, observo desde arriba cómo llega al final de una labor donde parece imposible que haya llegado la patirroja. Pero él sigue y en unas matas comienza a dar vueltas y a volver y revolverse. De pronto se para, se lanza sobre unas brozas y reaparece con ella en la boca. ¡Es uno de los mejores cobros que ha hecho en su vida!

»Regresamos a la orilla del río y salta una hembra de azulón. Cae en el agua y se sumerge. El Lord desde la orilla, estamos en un terraplén muy alto, se desespera y aúlla, quiere tirarse, sobre todo cuando la ve emerger por un instante y él también acaba en el agua. Pero la pata le gana la partida. Desaparece y no hay manera. Lo siento. Odio dejarme caza herida. Pero al final tengo que sacar al Lord y seguir camino. No cazamos más, pero me quedo con el día intenso y vivido en libertad».

«Día 7 de diciembre. Un año del principio de su enfermedad. Cazo mal, no tengo suerte y cazo peor. El Lord me trae una paloma que ha debido de bajar algún otro de la mano y al final me saca un faisán que cobramos».

«Día 14 diciembre. Alarilla. Viene Ñudi, el director de *Trofeo*, que piensa hacerse del coto al año que viene. El Lord aguanta cada vez mejor».

«Día 21. Alarilla. Una sola perdiz. No me gusta esta manera de cazar, pero el coto es bueno y la cuadrilla de toda la vida es quien me retiene».

«Día 28 de diciembre. Alarilla. Último día de

caza allí. Un día infernal de viento, frío y agua, que sin embargo disfruto. Lord acaba fenomenal una temporada que ni parecía que podría comenzar. Mi única pieza es un zorzal que hemos de subir el perro y yo a cobrarlo en un alto. Pero nos lo traemos a casa».

«Día 3 de enero. Ablates. Último día de menor porque ya se cierra la veda. El Lord culmina como un campeón. Le mato tres conejos de muestra y un faisán. De postre Lord cobra una liebre, vuelve a su especialidad, tocada un kilómetro antes.

»Vuelvo muy contento más que nada porque el Lord está en magnífica forma y ya no se resiente. Está cada vez más fuerte y alegre. En estos dos meses solo le he visto un pequeño bajón del que se ha recuperado de inmediato».

La verdad es que yo estaba como un toro y dispuesto a viajar a donde fuera. Que lo hicimos y esta vez los tres juntos a Menorca y Ainzón. Y desde el pueblo de Mari bajé a la codorniz a Bujalaro. Eran de suelta y salvado, pero ¿qué quieres si de las salvajes no hay ni plumas? Uno disfrutaba como un enano con las muestras y volvíamos con unas perchas de miedo. Cosa de Ignacio y Pedro los canarios, acompañados de hijos y hermanos, el mayor, Víctor, que fue quien llevó por primera vez al amo de «corralero» y del que queda aún en la tierra, el Vicente, y también del Mincho y su orquesta de perrillos, de Pedro el del Feliciano y otros tanto acompañantes, el Bernardo y de alcaldillo, que no cazan, pero van de recoger piezas con unos sacos. Vaya trazas, pero qué mañanas nos pasamos.

Pero el año, en lo que a caza se refiere, fue una

catástrofe. La perdiz crio muy mal y en Alarilla había más cuando dejamos de ir al final de temporada que cuando volvimos. Pero yo estaba deseando demostrar que había vuelto por donde solía, así que la poca la sacaba bien, como aquella que refugiada de un halcón en una zarza me costó lo mío hasta que logré hacerla volar. El Chani también parecía aprovechar mejor sus tiros. O sea, que para una vez que estábamos entonados los dos, resultó que hubo que dejar de ir viendo que apenas iba a quedar «madre». No veía un bando ni mediano y aquello no era plan seguirlo descastando.

Por eso donde más cazamos fue con Paco en lo suyo de Ablates y ahí sí que tengo días gloriosos. Uno, además, venía el de la tele, el Juan Delibes, que se quedó asombrado de mi resistencia:

—Ese perro parece incansable —dijo.

Y el Chani le contestó:

—Pues el año pasado le decían que no podría seguir cazando.

Hicimos el cupo de perdices, que uno de pronto no comprende que a lo que antes tiraba el Chani ahora lo dejaba seguir volando. Hice, por aquello de lucirme, unas muestras espectaculares, y la percha ampliada con conejos y palomas era tan grande que a la vuelta el que no podía andar era ya él.

De uno de aquellos días es cuando tengo el cobro más mentado y con espectadores que he hecho en mi carrera. Cayó un faisán. El Chani empeñado en que estaba sobre unos matones de carrasca y yo que bien sabía que se había largado por la juncada rumbo al río. Tres veces entré. Él y otros compañeros sentados y esperando. La segunda lo tuve en la boca, pero se me escurrió en la maraña. A la tercera me tuve que tirar al agua y entrarle por detrás. Lo engavillé por fin y salí con él ufano hacia donde me esperaban. Hubo hasta aplausos. Como luego cuando un conejo tocado se metió en una boca muy pequeña y con salida. Me puse a excavar hasta que salió por el otro lado y lo enganché. De postre les cobré una perdiz de ala que encima cayó en medio de un espesar de aliagas.

No todo fue bueno en Ablates. Una mañana me mordió un perrazo que estaba en una caseta y que salió disparado cuando pasábamos. Me acobardé y me llevé un bocado en el trasero. Luego estuve un buen rato como asustado y tardé en entonarme, además empezó a llover y volvimos empapados. Pero es donde echamos la temporada y me hice un fenómeno levantando y trayendo faisanes. Perdices había muchas, pero solo cazábamos unas cuantas a primera hora y luego ya lo dejábamos.

Yendo de acá para allá, y sobre todo entre Ablates y los zorzales, es de las temporadas donde al final he mordido más caza. Y diría, que ya es hora de decir algo bueno, que el Chani tiró mucho mejor que otros años. El récord lo tenemos en un día que fuimos muy cerca de Toledo. Eran echadas, pero ya criadas en el campo. Él tiró muy bien y yo cacé como nunca. Hicimos hasta dobletes. Por la tarde, como ya estaba muy cansado, no me dejó bajar del coche. Al final trajimos un enorme manojo bamboleándose a mi lado en la trasera. Las colgó en el patio y de allí fui viendo cómo iban llegando las vecinas y las amigas a llevarse cada cual un par de ellas. No me hacía mucha gracia.

Al final de temporada estuvimos un poco discutidos. Yo empecé a irme demasiado a mi aire, o sea, largo. A comerme el mundo de salida y luego a cansarme demasiado con tanta carrera inútil. Le notaba el cabreo y lo que no supe es que estuve al borde del «collar eléctrico», ese del calambrazo. Encima un día me atraqué de comer a la vuelta y me puse malo. Lo vomité todo y pasé una noche criminal. Por ansioso y por tragón.

Pero aquella fue el preludio de muy buenas temporadas. Aunque en Guadalajara fue un desastre, en Toledo cazamos a placer. Su resumen no puede ser mejor: «Ha sido el mejor año desde que el Lord y yo llevamos cazando. Sus muestras son de foto, las aguanta hasta que llego, cobra como pocos y si no fuera por ese defecto de irse largo sería de lejos el mejor perro en estas manos. Al final se desbarató demasiado y casi me decidí a ponerle el famoso collar eléctrico. Pero decido que no, que me da repelús eso de controlarlo a calambrazos. Su recuperación de la enfermedad es total. Y, además, de qué me quejo si el perrillo ya cobra hasta los zorzales. La verdad es que el perrete está que da gusto. Es una alegría continua verlo delante. Fuerte como un toro, se recupera mejor que nunca del esfuerzo. Cobra todo y muestra cada vez mejor. Pasada la primera media hora se retiene y caza más cerca. Este año le debo mucha caza y aún más alegrías. A ver si la temporada que viene logro que ande más cerca».

Piropo por piropo. El Chani también empezó a

tirar bastante bien. Algunos días es que no fallaba una pieza. Y también él les cogió el punto a los zorzales, a los que solía ir con Ñudi a Alarilla y cada vez más se arregostó a llevarme. Yo también terminé por cogerles el punto. Resulta que aquí había que mirar al cielo y fijarse bien en el punto en que caían y salir hacía allí a escape.

Y el siguiente año pareció que algo me había dado. El primer día que fuimos con los canarios a Monte Alto los dejé a todos con la boca abierta. Ya no solo era el gran cobrador, sino que sabía seguir disciplinadamente la mano. Y lo mismo pasó la siguiente jornada en Ablates. Pero, ¡quia!, la cabra tira al monte. Lo que él creía que era darme es que me dolía un brazuelo, cuando me esforzaba renqueaba de ahí. Al final salió una cojera y me tuve que quedar sin salir en casa. Recuperarme y empezar a llevar mi vida independiente y aventurera fue todo uno para desesperación del Chani. Bueno, luego ya me serenaba y le hacía algo más de caso. Él mismo lo cuenta, yo diría que lo mismo cada domingo y cada semana: «Lo del Lord es de tragicomedia. La primera hora no hay quien haga carrera de él. Luego después de más de una bronca y de algún fallo lamentable por andar tan lejos parece como si quisiera reconciliarse conmigo y echa el resto. Caza de gloria y cobra aún mejor. Así es maravilloso el campeo con él todo vientos, poder y alegría. Los gritos se convierten en mimos y acabamos los dos felices. Así que por la mañana vuelvo a pensar en el "collar eléctrico" y por la tarde ya lo he repudiado de nuevo».

En Alarilla ya no está el señor mayor y grande de la voz fuerte. Es otro de los olores que han desaparecido en mi existencia. Ahora dirige el Pedri, su hijo, aún más enorme, una mole, pero que ojo cómo les sacude. Le cobro una perdiz refugiada en un maizal con la que no logran dar sus perros. Tiene otro hermano, Beni, que apenas caza porque tiene una mano averiada. Un imbécil le dio un tiro casi a bocajarro. Se ha ido recuperando, pero en vez de salir con la escopeta sale al campo con halcones. No me gustan pero que nada esos bichos, ni esos picos ni esas garras. Chillan muy amenazadores, los condenados. Pero los perros del Pedri parecen estar tan a gusto cerca de ellos.

Pero para que no sea yo quien hable tanto, que hable ahora él, que así se verá lo que eran aquellos días, nuestras disputas y nuestros reencuentros:

«Día 1 de diciembre de 2002. Alarilla. Tiro muy bien. Bajo tres perdices y un manojo de zorzales. El Lord tiene un día pésimo. No hace caso alguno a mis instrucciones y se deja sin cobrar una perdiz de ala. No las ve ¿apenas/apeonar? y por más que le grito como si nada. El próximo día, se ponga como se ponga, ¡collar! Así no puede seguir. Destontona las manos y, aunque yo lo aguante y procure evitar males mayores, yéndome por la larga, los demás no tienen por qué».

«Día 15 de diciembre. Ablates. Lord no llevó collar y cazó de miedo. Cerca por una vez y atento. Cobró una perdiz dificilísima y solo se dejó una con el río de por medio y caída entre juncos y zarzales imposibles. Con los conejos y los faisanes aún mejor. Volvió el perrete baldadito, pero yo aún más, pues hube de cargar con un morral con cinco conejos y una percha con tres perdices, un faisán y dos palomas».

«Día 24 de diciembre. Nochebuena. Ablates. Cazamos por la mañana y con champán Paco, José Luis, Aquilino, Sotomayor. El Lord caza de fábula. ¡Qué vientos! Yo cazo mal y tiro aún peor. Aun así 2 perdices, 1 liebre, 1 conejo y 1 paloma».

«Día 6 de enero de 2003. Reyes. Ablates. Toledo. Vamos a dar una vuelta y, en poco más de una hora, ocho piezas. El Lord cobra una perdiz casi imposible al otro lado de una gran barranca y me trae otra alicortada de algún día anterior».

«Día 17 de enero. Ablates. El Lord no puede venir. No es nada lo que tiene, pero Mari dice que está cansado de muchos días de ajetreo y que mejor se quede. Qué tristeza la de cazar sin perro. Paso toda la jornada añorando su presencia y dejándome piezas en el campo que él seguro que me hubiera cobrado».

«Día 26 de enero. Suelta de perdices en Cabanillas. Guadalajara. Cómo caza mi Lord en Cabanillas. Fue el rey de la suelta. Cobró lo suyo y lo que los otros no encontraban. Mostró de postal y, además, ¡cerca!

»Total y como resumen de temporada. ¿Es bueno el Lord? Pues a pesar de mis cabreos cuando se alarga: mucho, y sus fallos, culpa mía por no haberle sabido adiestrar. ¿Y qué diría él de los míos tirando? Le regaño y nos enfurruñamos, pero al final siempre acabamos haciendo las paces, tan amigos».

La siguiente, sin media veda, que decidimos vacaciones en el mar, así que no hubo, y para resumirla mejor que mi memoria el cuaderno del Chani; eso sí, las jornadas juntos, que las que se iba de mayor o no me llevaba, esas no se las dejo contar, que aquí soy yo el protagonista:

«Día 19 de octubre de 2003. Primero a las perdices en la Alarilla. Yo cazo una y el Lord otra por su cuenta y sin tiro de por medio. Hace un día infernal. Llueve a cántaros».

«Día 23. Monte Alto. Carrascosa. Perdices de suelta con los canarios. Lo mejor, la compañía y las muestras y cobros del Lord».

Así empezó el año y este fue su resumen:

«A Bujalaro apenas si voy. No hay ni rabos.

»Ablates. El Lord es donde mejor caza. Se sujeta más y no se alarga tanto.

»Alarilla. Hay más perdices que el año pasado, pero el Lord no me deja cazarlas. Cada vez se va más lejos. La cuadrilla está bien y he disfrutado. No hemos vuelto ningún día de bolo y eso también se lo debo al Lord. Hice un par de dobletes. Lo mejor, los lances del Lord en los cobros. Uno en un maizal resultó toda una prueba de paciencia y perseverancia del animal hasta que logró encontrarla. Pero fue el 25 de enero de 2004, el último de la temporada, cuando hizo dos faenas para el recuerdo.

»Subí al Colmillo casi para despedirme por este año y logré bajar una perdiz, a base de correr todo lo que me da casi la mano, una perdiz descolgada y rapidísima. El Lord baja a por ella casi a los barbechos en el pie del empinado monte. Luego en el río logro abatir otra que quiere cruzarla. Cae al agua y allí que va el Lord también a por ella antes de que entre en unos rápidos y se pierda en la corriente.

»El Lord ha cumplido ya los diez años y al final de las jornadas se resiente del brazuelo derecho, pero se recupera muy bien y sin problemas. Y este último día de temporada pareció querer dejar constancia de su clase, de su raza y de que había que seguir contando con él.

»El Javi se había dejado una perdiz al otro lado del Henares, que baja muy crecido. Acabada la cacería fuimos hacia allá, él con el Bond, Pedro con el suyo y yo con el Lord. Tres y tres perros. La espesura donde cree que ha caído es de alivio, una maraña continua de zarzas y carrizos. El Lord lo primero que hace es tirarse al agua en cuanto llegamos y como luego la orilla es muy empinada me veo loco para sacarlo y al final me tengo que tirar al suelo, arrastrarme por la maleza hasta que logro engancharlo del collar y jalarlo fuera.

»Dice el Javi que allí no hay quien encuentre nada, pero salidos del trance aún perseveramos. Vemos en una repoza de la orilla algunas plumas y allí nos ponemos a patatar brozas y jugándonos un chapuzón en la empinada ribera. No hay más rastro y vamos perdiendo la esperanza.

»"Pues cayó seca", dice el Javi.

»Ya nos vamos a marchar cuando el Javi deja de mirar hacia el agua y sus recodos y vuelve la vista. Y allí, tras nosotros, sentado muy seriamente, y mirándonos con cierta sorna, está el Lord con la perdiz en la boca.

»No sabemos dónde la ha encontrado ni cómo. Está

mojada. Pero tiene seca la cabeza y parte del cuello. Puede que cayera al río justo en el borde y lograra subir a la orilla. Está aún caliente. Tal vez estuviera solo herida y se refugió entre la broza. ¿Dónde? Eso solo lo sabe el Lord y no parece nada dispuesto a contárnoslo.

»El año siguiente es cuando ya el perrillo comenzó a dar algunos síntomas, todavía muy incipientes, de vejez. Once años ya son bastantes para un perro. Comenzó a despertarme mucha ternura el verlo esforzarse, siempre tan voluntarioso. Procuro no cansarlo mucho. Además, me doy cuenta de que está perdiendo algo de oído. Así que a veces, cuando se va largo, aún se va más porque no me oye. O no quiere oírme, que es muy pájaro.

»Pero domingo a domingo es un disfrute poder seguir con él por los cerros de Alarilla o los espartales de Ablates. Con sus defectos y sus grandes virtudes, más de un día me salva del bolo. En las sueltas de Cabanillas de los canarios sigue siendo el rey de la muestra y el cobro. Lo importante es que sigue cazando y hay momentos donde aparece el Lord de sus grandes y aún recientes días. Por ejemplo, en Bujalaro, donde ya casi al volverme logro bajar un pato, que para no perder la costumbre cae en el medio del río, aquí profundo y de cortados terraplenes en las orillas. Pero el perro ya está luchando contra la corriente y buscándolo. Veo plumas, pero ni rastro del azulón. Pienso que está perdido y por perdido lo doy. Solo quiero ver cómo rescato a mi perro del lugar. Reviso la orilla por ver adónde puedo llamarlo y, cuando vuelvo a mirar, el Lord viene nadando con el pato en la boca. No sé de dónde lo ha sacado, si se había sumergido y al morir subió a la superficie o que el perro lo recuperó en la solapa entre los carrizales. Desde luego el perro lo localizó y ahora por el sitio que le señalo sube con él de nuevo a tierra firme y, aunque no le gusta demasiado esa pluma en la boca, aún se lo guarda un rato. Y resulta que Mari, que ha venido desde el pueblo a buscarnos, puede aún hasta verlo con su pieza en pleno campo.

»No sería ese el único azulón del año, pues alguna vez más tuvo que nadar para sacar otros en Alarilla. Día por día, uno por otro, perdiz, conejo, liebre o pato, lo cierto es que nunca volvimos bolo. Y no tuvimos ningún percance. Qué más puede pedirse. Sí. Que al menos pudiera cazar alguna temporada más conmigo».

Pues sí, hombre, claro que sí, Chani. Aún cumplí como los buenos la siguiente, que acabé incluso mejor que esta. «El Lord sigue conmigo, tiene correa y yo creo que está mejor y más fuerte que el año pasado», y la siguiente tampoco fallé y hasta esta, ya con catorce cumplidos, he ido algunos días hasta completar la temporada 2006-2007. Es verdad que me fui quedando cada vez un poco más sordo y que hago cada vez menos caso, pero lo bueno es que ahora cazo más cerca porque me canso antes. Tampoco el Chani, que ya no cumple cincuenta, sube las cuestas tan a pecho como lo hacía antes. Pero ahí atrás nos quedan a los dos estos años, que fueron para mí los mejores y creo que para mi amigo y mi compañero los más hermosos en la caza.

# XII

## LOS OTROS PERROS Y YO.

## LOS PERROS Y EL CHANI

Con otros perros y hasta la llegada del Mowgli, que está ya por aparecer por aquí, yo he tenido muy poco que ver. He vivido solo con mis amos. He sido el único perro de la casa. Y sí. He estado muy mimado. Ya se ha dicho.

Eso ha tenido cosas buenas y otras un poco peores. Por ejemplo, lo de las perras.

Porque aventuras amorosas he tenido más bien pocas. Mi novia más fija ha sido un gran cojín. Pero alguna sí he tenido, aunque dicen que por mi cruce, o por falta de intención o de voluntad de los amos, y aunque en más de una ocasión lo han hablado, no ha habido «hijos del Lord». Sé que lo sienten, pero ha sido, no se quejen, más que nada culpa suya.

Cuando ya se lo tomaron un poco en serio, ya era tarde y yo muy viejo.

Las experiencias culminadas se cuentan y sobran

con los dedos de una pata. La de la perrilla de El Cerrillar fue la mejor.

Alguna luego por el campo con la Tosca y algunos metisacas con otras y eso es todo. Y mira que yo le he puesto ganas, pero en los paseos por Madrid y atado todo se queda en oler y como mucho tirar de la correa para nada. Un día monté una buena cuando la Lulú, que es como una ratilla y con la que he salido mucho de paseo porque su ama la Julita y la mía son muy amigas, se puso alta. Mis aullidos cuando me separaron hicieron que la gente hasta quisiera reprender a Mari, que me tenía que llevar a rastras. Y mira que yo tiro, todavía lo hago y dice que es mi culpa que tenga medio descoyuntado el hombro.

Amigos no he tenido muchos tampoco. Ya digo que desde cachorro me he criado solo. Pero sí tuve uno. De muy pequeño. Era el Prince, el perro que vivía en una casa de al lado con Raúl del Pozo y con Natalia. Fue algo así como mi abuelo. El Prince, un *golden retriever*, era bueno y me aguantaba todo. Vivía en el patio de la casa y era muy dulce y tranquilo. Yo creo que también se aburría un poco y mis visitas y mis juegos con él, aunque ponía a veces cara de resignación, en el fondo le llenaban de alegría. Y yo estaba como loco de que me llevaran a verlo porque me sentía a gusto, cobijado y no había cosa que más me gustara que restregarme con él y rodar por el suelo o hacer que discutíamos por una pelota. El Prince ha sido de alguna manera, en el mundo de los perros, el único amigo que he tenido.

Con algunos otros, con los de caza, también he

hecho buenas migas, pero ha sido algo muy diferente porque el Prince era como alguien de la familia. Con el Chuki de Adolfo, que desapareció muy pronto, y el Rocky de Paco, los que mejor. Me he llevado bien con el Bond del Javi y con algunos otros. Pero sin mucho trato. Porque acabada la cacería el Chani me subía al coche y mientras él comía o echaba el mus yo me echaba a dormir y a descansar, que falta me hacía.

Tampoco, y a pesar de sus esfuerzos por evitarlos, me han faltado algunas peleas y no pocos encontronazos. Los más fuertes en el monte y por la caza.

El más sonado fue con un perro, un bretón como yo, de Álvaro Bernal en Monte Arriba. Aquel perro, también muy de casa, pero que al contrario que yo apenas si había salido al campo, no tenía ni pajolera idea de lo que es cazar. Lo trajeron un día y, claro, ni buscaba, ni mostraba ni cobraba. Y era muy envidioso, encima.

Yo había cogido una de mis famosas liebres e iba con ella en la boca hacia el amo, cuando me la quiso quitar y eso sí que no. Yo he traído una liebre cogida de un lado y otro perro tirando del otro hasta llegar hasta los mismos pies del Chani tras hacernos un rastrojo enorme juntos y sin soltar ninguno. O sea, que no le iba a dejar ni tocarla. Cuando lo intentó me fui a por él y nos enganchamos. El Chani saltó rápido. Me cogió del collar y me separó, pero Álvaro no estuvo tan ágil. No sujetó a su perro y este volvió hacia mí. Otra vez enganchón y dentelladas. Y otra vez el Chani a separarme. Pero aquella vez el otro perro se lanzó a por él y le metió un bocado de los grandes justo por encima de la bota. Un mordisco duro que le hizo herida doble y profunda.

El bretón se llevó unos cuantos golpes y Juan Barrado dijo aquello de que un perro que hacía tal faena de esas artes no podía venir a una mano de caza. Y que si el Chani le hubiera arreado un tiro estaba en su derecho. A tal, desde luego, no llegó la sangre, pero esta sí corría por su pierna y hubo que salir a escape a ponerle inyecciones y curarle. Entendió, desde luego, que para nada tenía yo la culpa y lo único que hizo fue tranquilizarme. La verdad es que si me hubiera dejado ya lo tenía yo al otro bastante acochinado y él se habría ahorrado la dentellada. No valía para cazar y encima sacaba aquellas malas artes. Si quería liebres que las buscara, coño, como las buscábamos los demás.

Pero aquel perro tampoco puedo considerarlo un enemigo porque no volvió a aparecer por allí. Y con los demás, de esa y otras cuadrillas, manteniendo distancias no había mayor problema. Sí los tuve, ya lo he contado, con el labrador basto de Alarilla. El primer año tuvimos una buena enganchada que quedó en tablas. Era un perro bravucón. El Chani me separó, pero el amo suyo parecía como alegrarse de la pelea. Desde entonces, no sé si por ello o por algunas faenas que hacía el cazador, si él iba por un lado nosotros procurábamos coger el otro. Me parece que la antipatía corría paralela entre los dos perros y los dos hombres.

Como caí tan malo, a la vuelta el Chani no me dejó ni siquiera que tuviera una oportunidad de pelea temiendo que mi debilidad me hiciera llevar todas las de perder. Así que en los barones me ponía inmediatamente a resguardo y a su lado y no permitía ni peleas ni siquiera escaramuzas. No le han gustado nunca y siempre las ha querido evitar. Las mías o las de cualquier otro. Le saca de quicio el que azucen a los perros.

En conclusión, que me han tenido siempre bajo custodia y custodiado. Ni he dominado ni me han dominado tampoco. Y desde luego no he sabido apenas pelear porque en realidad no he tenido que defenderme casi de nadie.

En Madrid y en la casa, mi territorio, sí que me he hecho fuerte. Allí he ladrado y he marcado los terrenos y es donde a veces, al salir a los paseos, con la Mari y en los últimos tiempos, mientras ella lleva al Mowgli, con el Chani, sí que hemos tenido alguna enganchada. La mayoría por llevar los demás los perros sueltos, que eso pone de los nervios, y con toda la razón, al ama Mari, y monta unas broncas que no veas.

—Es que no hace nada —dice la otra señora.

—Como no hace nada es si va atado.

Y tiene razón, porque un perro atado se siente vulnerable ante el que no lo está y se desatan mucho más fácilmente las agresiones. Hay perros, además, de los que presuntamente y según sus dueños «no hacen nada» que se vienen hacia uno con toda la mala intención en los colmillos. Un pastor alemán acabó por tirar al suelo a Mari un día y se montó una buena tangana con el tonto del dueño empeñado en decir que su perro suelto era muy pacífico cuando a la vista estaba lo que había hecho.

Peor le fue a otro, un *setter* muy agresivo de los alrededores, con el que ya me había enseñado los dientes. Yo iba con el Chani, sujeto de la correa y bien tranquilo cuando el otro, saliendo de una plazoleta, se vino hacia mí a la carrera. Intentó saltar, pero en el aire le alcanzó un patadón del amo que lo lanzó un par de metros hacia atrás gimiendo y sin ganas de volver a intentarlo. Su dueño, un jovenzuelo chulito, encima vino a reclamarle y a encararse con el amo porque le había pegado al suyo. Si no es por un vecino que puso cierta cordura, aquello estuvo a punto de que hubiera algún patadón más y no solo para el perro. No tenía más que mirar al Chani para darme cuenta de la mala leche que tenía.

De muy mala también se ponen los dos, él y Mari, con los que no recogen las mierdas. *Madrid, acera cagada* escribió un día en un artículo que fue muy jaleado. Es un asco. Algunos, además, parece que tienen elegido como cagadero esta pequeña colonia donde vivimos y no vale que el ayuntamiento ponga todas las expendedurías gratis de bolsas que quieran. De qué esas señoras tan acicaladas y esos caballeros tan prepotentes se van a agachar a recoger la mierda de sus perros. Tienen razón el Chani y el ama.


## MADRID, ACERA CAGADA

Madrid es una acera cagada. La cifra de deposiciones diarias supera el cuarto de millón. Hágase la precisión de que son de perro —si fueran humanas los «tolerantes» clamarían—, pero, por muy de can que sean, son cagadas. O sea, mierda pura y no precisamente dura. Un asco, vamos. Igual de asco que las nuestras.

No existe un solo madrileño que en su existencia y a pesar de sus cuidados no haya pisado en su vida una docena de cacas. Y me imagino y he comprobado en no pocos lugares que la situación es similar por el resto de España. Aquí no recoge nadie la mierda del perro ni por asomo. Deben suponer que por ser de perro no es mierda. Pero es mierda.

Las ordenanzas municipales madrileñas se han endurecido y avisan de severas multas a los dueños de los perritos —porque los animalejos no tienen la culpa de cagar, aunque si el Gobierno se pone a pensar tal vez sí los pueda culpabilizar a ellos también de la crisis—, pero no multan a nadie. Bueno, sí. A tres. Exactamente a tres. O sea, a nadie de los centenares de miles de propietarios de perros que no recogen los excrementos que inundan parques, jardines y aceras.

Hemos liado una parda porque la nieve —blanca nieve, aunque fría y resbaladiza la mamona— ha tapado nuestras aceras. Pero nos parece «natural» que estas estén llenas de mierda. La nieve no es «normal», pero que las aceras sean una «pista americana» de excrementos es algo tan habitual que ni protestamos. Pero entre nieve y mierda debíamos de echarle ya una pensada.

Les he puesto el artículo porque yo me reí lo mío y porque así nos da pie a que les pasemos a otra cosa, lo que piensa el Chani de los perros. Que es algo muy simple. Nos quiere. Dice Ñudi que no ha visto a nadie querer a un perro así. Pero lo hace como perros, no con la locura de confundirlos con personas. Nos tiene un gran respeto, eso lo sé, y ha escrito mucho sobre nuestra especie. Creo que sus palabras les van a decir a ustedes mucho mejor que yo cuál es su pensamiento y sentimiento sobre todos nosotros. Sobre mí en particular lo tengo muy claro. Es mi compañero. Pero eso dice, que nosotros somos el primer compañero de la humanidad.

## NUESTRO PRIMER COMPAÑERO

Él fue antes que la oveja, la cabra o el buey. Mucho antes que el caballo. Él no fue domesticado ni estabulado para comerse a sus hijos, robarle su leche o privarlo de su lana. No. El perro fue compañero. El primer compañero del hombre sobre la tierra.

Fue el primero en acercarse a nuestro fuego, el primer aliado cuando el combate contra las bestias no tenía un seguro vencedor, fue nuestro olfato, nuestro vigía, nuestro compañero de caza. Antes de que se domesticara ningún otro animal, en el tiempo de los cazadores-recolectores del Paleolítico, antes incluso de que se hubiera comenzado a pintar en Altamira, el perro vino al hombre o el hombre buscó al perro. Al lobo, mejor dicho, porque entonces era lobo y hoy sabemos (el ADN lo ha cantado a la luna) que todos los perros, todas las razas de perros del mundo, descienden del lobo ártico y no, como se creía hasta hace poco, que la mayoría lo hacían del chacal dorado.

No le ha ido mal del todo, aunque algunos, demasiados, bien pueden protestar de que les hemos dado «una vida de perro». Pero cruzaron con nosotros la glaciación entera, pasaron pegados a nuestro calcañar hacia América por el helado estrecho de Bering y por toda la tierra se extendieron y procrearon. Y hasta se asilvestraron de nuevo en Australia regresando a dingos.

Hoy en el siglo XXI de los países ricos y de las gentes gordas, ha sabido hacer su pequeña evolución para adaptarse a un nuevo hombre, el «homo asfalticus», y a sus servicios históricos ha unido hacerse apreciar por una de sus facetas no sé si más moderna o simplemente ahora más conveniente. Su caricia, su compañía, su cercanía son sus aportaciones para renovar y fortalecer el vínculo de la vieja alianza. El hombre ya no le tiembla a la noche ni a los rugidos, pero se aterra ante su soledad invadida de masas humanas. Y su perro está ahí, junto a él, como lo lleva estando desde hace ya más de 20 000 años. Por eso yo les acabo el cuento haciéndoles reflexionar sobre una frase que a buen seguro hasta habrán dicho alguna vez: «Hace una noche de perros». Me la descifró un día Juan Luis Arsuaga. «Los aborígenes australianos, cuando una noche es muy fría, aseguran que es una noche de cinco dingos porque son los que les hacen falta alrededor para entrar en calor». ¿Y es que acaso no han pasado ustedes alguna de estas noches ásperas de invierno junto a un mendigo que duerme a la intemperie apretado a sus perros? ¿No han pensado que ese calor en medio de la ciudad opulenta y hostil es el único que el hombre tiene? Y eso es, calor al cuerpo y al corazón, lo que siempre nos han dado. En las noches frías del alma y del cuerpo, el hombre sigue necesitando el amparo y el calor del amigo que encontró en medio de la glaciación y del hielo. De su perro.

Es algo a lo que el amo le da muchas vueltas, yo creo que por ahí empezó a tejerse lo que ahora le tiene enfrascado, «El lobo y el fuego», el origen de nuestra relación. Pero más cerca y más cercano siempre he visto cómo mira a los mendigos y a sus perros y sé si saber leer lo que siente:

«Cuando pasamos junto a un mendigo en fría noche es cuando mejor podemos entender su calor amigo. El perro da calor en esas "noches de perros" o "noches de cinco dingos" que dicen los aborígenes australianos. Calor físico, pero también el calor del compañero que niegan los de la propia especie.

»Quiero recordar hoy esto, cuando veo tantos nuevos cachorros por las calles. Cachorros y niños juntos. Pero después de sonreír, porque resulta hermoso ver cómo se renueva el ancestral vínculo, no se puede por menos de pensar que bastantes de ellos, tratados como lo que jamás han sido, juguetes, pueden acabar en las próximas vacaciones o al inicio del verano abandonados como trastos viejos en la cuneta de cualquier carretera. Y hoy quiero decir y contar que, con nuestro primer compañero, un respeto. Que es casi el único amigo que esta especie tan tremenda y tan terrible que ha sido el *Homo sapiens* ha tenido sobre la faz de la tierra. Sí, aunque nos pueda parecer inaudito, el hombre y lobo, el hombre y el perro. Así que se sepa y eso, que un respeto».

Hace muy poco aún volvió con esto y estoy seguro de que no será el último.

Es un poco obsesivo y cabezón. Y luego dice que a quién habré salido yo.

### NOCHE DE PERROS

No se sabe si fue el hombre quien encontró al perro, al lobo entonces, o fue el perro quien encontró al hombre. Da igual. Lo cierto es que conquistamos la Tierra con él pegado al calcañar, atravesamos la glaciación y ha sido la especie que como compañero, guía, defensa y guarda más hemos compartido a lo largo de nuestra peripecia vital.

No los conocemos demasiado. No sabemos si tienen sentimientos, aunque sí sabemos que tienen emociones y son capaces de captar y comunicar alegría, tristeza, miedo, ansiedad, algo evidente. Ellos sí que parecen conocernos bien.

Nos comprenden mucho más de lo que pensamos. Nos ayudan y nos apoyan cuando barruntan nuestra desgracia y, de eso estoy seguro, también saben manipularnos. No nos han fallado nunca. Nosotros muchas veces a ellos.

Ayer por la noche en Madrid. Salía de cenar. Cerca de la calle Velázquez. Noche desapacible. Un mendigo se ha acomodado, es un decir, en la pequeña protección que le da, junto a la acera, el portalillo de un establecimiento. Es un bulto tapado por mantas y un saco de dormir. A sus pies, durmiendo pegado a él, su perro. Un pastor con cruces callejero. Duerme con el hombre, le da calor, le protege, al ruido de mis pasos abre un ojo y envela las orejas. Está alerta, velando el sueño del hombre. Es su compañero, el único que le queda. Juntos han de cruzar la noche y luego cruzarán, sobreviviendo juntos, el día. Llega el invierno, vienen las «noches de perros». No llegamos a comprender bien lo que queremos decir, pero así lo decimos en recuerdo de que en la peor y en la más fría, ellos no nos abandonaron nunca. Estos días muchas casas tendrán nuevo inquilino: un cachorro. Un perrete que hará las delicias de los niños y de los grandes. Bueno será saber desde ya que como todo ser vivo hace cuatro cosas esenciales: comer, beber, mear y cagar. Además, suele emitir sonidos, gemir y ladrar, y siendo como es, un crío, suele morder, arañar y cometer todo tipo de travesuras.

Pero hay más, no es una cosa. Siente y padece, se alegra y goza.

Y otra más, depende por entero de nosotros. Para él nosotros somos su manada y en ella ha de encontrar y saber desde el primer momento su sitio. Será lo mejor para él y para todos. No hay nada que objetar por la creciente simpatía hacia los animales de la sociedad urbana. Ni el mejor trato que se les dispensa en la rural. Pasaron, por fortuna, aquellos tiempos crueles en que en un pueblo uno se agachaba y el perro salía, en un acto reflejo, corriendo, fingiéndose cojo y aullando. O sea, que se ponía la venda antes de la pedrada.

Pero el maltrato continúa y a veces de manera masiva. La primera y más silenciosa, pero terrible forma, es la del abandono. El cachorro crece y molesta cada vez más. Y entonces se le tira. Cientos de miles corren esa suerte. Sobre ellos se habla poco. Es más periodístico el cargar las tintas sobre casos terribles de animales cruelmente asesinados, y si la canallada la comete un cazador, mejores titulares. Que hay que hacerlo porque si alguien es más compañero de un perro que nadie es el cazador y sobra un caso para seguir denunciando la atrocidad. Como parte de ese colectivo, no entiendo práctica más repugnante, cobarde y repulsiva.

Pero el abandono es el crimen masivo. La inmensa mayoría perecen, atropellados, de pura inanición, o sacrificados en las perreras. Tan solo unos

162

pocos encuentran una segunda oportunidad. Un hombre que maltrata a un animal indefenso se retrata en su infamia.

Sé que es repetitivo, pero no me importa que lo sea. Por eso he vuelto aquí a añadirlo. No me importa que le den una vuelta más a esas palabras hasta que den, como yo, tras girar y girar sobre un rastro, con la pieza. Eso es lo que piensa mi compañero de nosotros y enmarcado en ese pensamiento hemos atravesado juntos por la vida.

Lo escribió aquella Navidad de 2006, la última en que estuvimos los tres solos en casa, y donde nos hicimos tantas fotos juntos que aguantaba a pesar de esa luz que te pega en los ojos y te deja ciego. Hasta pretendieron ponerme un gorrito, pero por semejante ignominia no pasé, aunque tuve que cargar con un collar de brillos y colorines que no pude quitarme. Pero lo pasamos muy bien, me dejaron comer mucho y me tiré toda la noche tumbado en el sofá encima del Chani con el fuego ardiendo en la chimenea.

¡Qué buen recuerdo! ¿O creen que los perros no tenemos recuerdos? Entonces es que no me han visto a mí soñar con las liebres.

# XIII

## MI VIDA CON EL MOWGLI

En mi casa jamás había entrado otro perro que no fuera yo, con las excepciones de la Lulú y hace muchos años del abuelo Prince. En la trasera del coche alguna vez sí había subido alguno de la cuadrilla, pero solo hasta llegar a los otros coches o a la junta. Volver a Madrid y a casa volvía yo solo con el Chani. Yo solo es quien entraba la caza y se la daba a Mari, yo el que tenía mi comida, mi agua, mi cojín, mi colchón a los pies de la cama, mi sitio en el sofá de la chimenea o en el despacho del Chani. Yo solo y mis amos para mí.

Así había sido toda la vida. Así hasta aquel día que seguro que Chani tiene bien apuntado en su cuaderno cuando al volver de Alarilla se puso a hablar con Juan Barrado y yo supe que estaban hablando de mí. Aquella jornada de mediados de diciembre, a tan solo unos días de cumplir los catorce años, había aca-

bado agotado. Llegué renqueando al coche y el Chani tuvo que ayudarme a subir. Desde allí vi cómo
seguían hablando y algo barrunté que iba a afectarme
a mí. Y tanto que iba a afectarme. Que me iba a cambiar la vida, vamos.

El Barrado abrió un pequeño remolque que llevaba y de allí salieron dos perrillos pequeñajos, dos
bretoncillos de meses que empezaron a hacerle cabriolas a él y al amo. Estaba muy cansado, pero aun así
me levanté y miré por la ventanilla. El Chani acariciaba a uno y este se le arrimaba a la pierna y daba
saltos como queriéndosele subir encima. Era un macho. La otra era una hembra, su hermanilla.

Y ahí se selló otro destino.

«Elige el que quieras», dijo Juan. «Pero el machete es muy cariñoso, ya lo ves».

Y el Chani cogió en brazos al cachorro y lo metió
conmigo en el coche.

El perrillo estaba al principio muy asustado y yo
muy cansado para ni siquiera abrir la boca. Solo quería cerrar los ojos y esperaba que cuando los volviera a
abrir aquel cachorro hubiera desaparecido.

Pero cuando los abrí, al entrar en Madrid, allí
seguía, hecho una rosca y tembloroso, todo lo más
alejado que podía de mí. Al levantar yo la cabeza se
fue acercando, arrastrándose, y quiso lamerme el morro, pero yo lo retiré con orgullo y desdén.

Llegamos. Yo, como siempre, cogí una pieza en
la boca y se la llevé a Mari, que bajó a aquel monicaco
y lo metió también para adentro. Allí volvió, esta vez
en homenaje al ama, a hacer su repertorio de arruma-

cos y cabriolas. Me ducharon como siempre, comí en mi escudilla, bebí en el recipiente de mi agua y me subí para la habitación. Allí, menos mal, no apareció el enano. Y yo confié en que al día siguiente al bajar a hacer mis cosas al patio ya hubiera desaparecido, pero nada, allí seguía, mirándome desde un cojín que le habían puesto en un rincón de la cocina. No se rechistaba y me miraba como con miedo y respeto, ¡menudo farsante!

Y allí siguió un día y otro. Y cuando tocó ir a cazar, también se vino. Y me dije, a lo mejor se queda en Alarilla otra vez, pero, ¡quia!, volvió con nosotros. Lo tuve claro: aquel se quedaba para siempre y me iba a quitar el cariño de mis amos.

Pero por otro lado el perrete era sumiso y amable, se retiraba si yo pasaba y solo hacía que intentar jugar y agradarme. Yo de jugar ya no tengo muchas ganas, pero al final el jodido zalamero aún me animaba y me hacía cabriolear a mí también y mover el rabo. Sobre todo para que los amos se dieran cuenta de que yo también estaba. Mayormente por ello lo hacía. Pero tenía que reconocer que el Mowgli, ya supe que así se iba a llamar, era un perrillo bien simpático.

El Mowgli llegó ya crecidillo, seis mesecillos o así. Debía haber tenido una vida dura, porque se le notaba receloso con todo y asustadizo, pero dispuesto a defenderse como fuera. Es mucho más menudo que yo, pero es un rayo de rápido y muy valiente. Se tira a por quien sea. Y sin embargo, luego en casa es muy zalamero con los amos.

Pero lo que hicieron, y lo reconozco, para que yo

no me sintiera mal, fue obligarle a dormir en el piso de abajo. Yo era el señor de la casa y el único que podía subir al primero y a la habitación de los amos. Pero no duró mucho. A las pocas semanas ya estaba el jodido subiendo al primero y a nada también consiguió, después de algunos intentos fallidos y ser devuelto al cojín en la cocina, su puesto a los pies de la cama.

Y luego ha ido viniendo lo peor. Que ahora quien no puede subir a la cama soy yo si no me ayudan y las escaleras cada vez me cuestan más y algún día las he bajado rodando. A veces aún puedo, y otras pido amparo. Pero hay noches que, total abajo junto a la chimenea se está calentito, allí me quedo y duermo tan a gusto en un sitio bien mullido y suave que me han preparado. Pero son las menos. Me gusta subir y por lo menos un rato echarme a los pies del amo. A él le gusta también y si el Mowgli gruñe lo hacen callar y listo. Digo yo que lo deben hacer callar porque la verdad es que desde hace un tiempo no oigo casi nada, ni voces, ni ruidos, solo cuando alguno es muy fuerte, así que cuando estoy dormido, cada vez paso más tiempo durmiendo, me llevo unos sustos de alivio y, claro, sobresaltado abro la boca y enseño los dientes, pero es de susto, no de amenaza.

Mi vida con el Mowgli la aguanto, aunque la verdad es que no sé por qué tuvo que traerlo el amo con lo bien que habíamos estado siempre los tres juntos y solo yo de perro durante estos catorce años. Ahora ha tenido que venir el pájaro este a quitarme el sitio. Aunque la verdad es que no me lo quita, que el amo bien que lo deja claro y no lo permite. Y el Mowgli tampoco es mal perrote, que cuando estamos solos hace compañía y nos llevamos bien. Yo creo que el jovenzuelo me tiene ley, aunque cada vez menos respeto. Vamos, que me quiere, pero le puede la afición. Pero somos amigos, desde luego, y ante otros perros eso queda bien claro. Menudo si se lo dejo claro.

Porque el otro día fuimos los dos a Bujalaro con el Chani, a cazar juntos. Bajamos por encima de la cueva de Nublares y cuando íbamos a asomar a los cortados sobre el río aparecen ladrando tres perros de un rebaño de ovejas que no habíamos visto y que se fueron derechos a por el Mowgli. Pero eso no lo iba a consentir yo. Me fui ladrando hacia ellos y me puse delante del pequeño, que también hacia cara. No las tenía yo todas conmigo porque eran más y parecían muy hirsutos los enemigos, pero por fortuna llegó el Chani y los ahuyentó, pero vi que el Mowgli lo agradecía y aquello nos hizo unirnos un poco más. No mucho después ya tuvo él ocasión de agradecerlo de verdad.

Pero se lo cuento luego, que primero van los agravios. Al principio, ya digo, mandaba más bien yo. O eso me creía. La primera vez que empezó a cambiar la cosa fue aquel mismo verano en Ainzón, el pueblo de Mari. Allí no he ido apenas a cazar porque hay poca leche y creo que habré cobrado en todo el tiempo una perdiz en el coto del pueblo y otro día un par de ellas, una muy jaleada por el amo en la finca de Huecha Seca, de sus amigos los Bordeje. También nos hemos hecho con alguna tórtola y poco más. Pero es estando en Ainzón cuando se abre la media veda y desde allí nos bajamos a Guadalajara a la codorniz, donde yo he dado algunas de mis últimas lecciones.

Pero aquel año quien se marchó con el amo no fui yo. Yo tuve que quedarme con Mari mientras ellos se iban y cuando volvieron olían a un lugar conocido, El Cerrillar. Y trajeron un fardal de codornices. Me regaron una docena por el huerto de Ayllón y no me dejé ni una sin cobrar. Pero cuando me encontré con el Mowgli él venía crecido y yo fui a ponerle en su sitio. Para qué se me ocurrió tal cosa. Se me tiró encima y no supe cómo, pero ya me estaba mordiendo en el lomo. La Mari, que andaba cerca, me lo quitó de encima y le dio un pescozón. Pero yo tomé nota.

Y como si no la hubiera tomado la misma pasó en Madrid. Y por causa parecida. Venía yo con una perdiz de las que habían dejado entre las plantas del jardín y al llegar a la cocina me lo tropecé. No hizo falta que yo me fuera a por él, es que se vino a por mí y me tiró al suelo. Los cuartos traseros, mi debilidad de siempre, no me sostuvieron y no pude defenderme. Pero el Chani, sí. Menuda la que le arreó. Pero está claro, lo estuvo desde entonces, que quien más puede es él. Aunque mejor que no se pase.

Y eso se empezó a notar en la comida. Resulta que también quería abusar de mi plato. Y yo, como no me gustaba que metiera el morro en lo mío, me retiraba. Lo hacía por desdén o por prudencia. Se dieron cuenta los amos y eso se ha cortado. Y además, ahí me he envalentonado. Le abro la boca todo lo grande que puedo y he logrado restablecer territorio. Lo mío, mío, y lo suyo, suyo. Es más, como no es tan tragón como yo en más de una ocasión rebaño yo lo que se deja. Además, es muy melindroso y no come de todo como yo.

Pero, vamos, que algunas razones tengo para estar resentido con el Mowgli, digo yo. O tenía. Porque una cosa que sucedió apenas ayer en Albalate, el sitio nuevo al que ahora no fallamos ningún fin de semana y donde se ha establecido nueva casa y cazadero esta nueva temporada en la que yo apenas ya he ido a cazar, pero sí que voy a la finca y allí me entretengo y me divierto olisqueando y paseando, ha hecho que cambie mucho en mi sentir con el pequeñarras. Algo que me ha hecho mirarlo de otra forma. No me lo esperaba del Mowgli, pero he de reconocer que me ha ganado y que sé que tengo un collera, un amigo. Ahora que soy viejo, tengo un amigo.

Yo había subido desde la cabaña de madera a un pabellón donde después de cazar el Chani y sus amigos echan el taco y luego reparten la caza. Se está allí bien, también con chimenea y sobre todo porque no falta la comida, y eso sí que es mi vicio, para comer yo siempre he tenido, y no he perdido, las ganas. Me place además echarle una olida a los conejos que traen y luego bajarle uno a Mari muy pomposamente en la boca.

O sea, que chino-chano y a mi paso me subí hasta el pabellón de caza como hago siempre al sentir que regresan, algo oigo o huelo o barrunto todavía, y allí había toda una línea de conejos. Los olisqueé un poco y elegí uno para echármelo a la boca y llevárselo a Mari, como siempre he hecho, que ya lo he contado

muchas veces. Pero no llegué a hincarle el diente porque otro perro, de uno de los cazadores de la cuadrilla, se tiró como una fiera a por mí. Y muy mal me
hubiera ido con lo viejo y lo poco que ya valgo. Pero
entonces sucedió lo que me ha dejado tan asombrado
como agradecido. El Mowgli apareció no se sabe de
dónde, saltó como un rayo, ya he dicho que no he
visto perro más ágil y rápido, y con lo menudo que es
le dio una soba al otro que lo hizo salir con el rabo
entre las piernas. Usó su técnica habitual, que yo ya
he sufrido y algunos otros chuchos de la colonia de
Madrid también han probado: se le subió al lomo y el
blanducho aquel, tan bravucón conmigo, no sabía de
dónde le llegaban los bocados ni para dónde correr
dando guarridos.

Y, sí, desde entonces yo he mirado al Mowgli con
otros ojos, como un colega, como un amigo que nunca he tenido y he pensado que no ha estado mal que
lo hayan traído, que, además, yo ya no valgo para
cazar y debo de saberlo aunque me joda. Y él es no
solo un compañero cariñoso, sino que cuando se ha
tenido que batir el cobre se ha arriesgado a una dentellada por mí. O sea, que somos collera y que él me
defiende de los perros que no son de la casa. Como yo
lo defendí aquel día en Nublares.

Por si fuera poco, noté que al Chani aquello lo
llenó de alegría. Nos acarició al Mowgli y a mí, nos
hizo juntar las cabezas y luego, cuando bajamos con
un conejo cada uno en la boca, se lo contó a la Mari,
que también nos acarició a los dos al mismo tiempo.
Estaban tan contentos los amos que aunque el Mow-

gli aún me gruña a veces, que la verdad es que con la sordera ni me entero, y suelte ladridos cada dos por tres, que esos sí me despiertan asustado, que no sé por qué tiene que estar ladrando siempre, le reconozco para siempre como colega y amigo. Que se portó el chaval. Y coño, que le estoy agradecido y lo miro de otra forma.

Y ahora, tanto en Madrid como en Albalate, cada uno tiene sus sitios, y los dos los respetamos. Por ejemplo, en la cabaña de madera del monte, El Enebral, que le llama el Chani, yo duermo donde el Chani y él en la habitación de Mari. Eso se sabe y es así. Además, a esa cama del amo aún alcanzo a subir, aunque a veces me tengan que dar un pequeño empujón. Debo, pues, reconocer, malhumores de viejo aparte, que no todo con el Mowgli ha sido malo. Yo creo que el jodido perrote, con todo su geniecillo, que es un chuleta hasta con perrazos enormes, me quiere, y cuando nos separamos por cualquier cosa en el reencuentro viene a hacer zalamas y carantoñas como si me hubiera echado de menos. Aunque también tiene un algo de cuentista el Mowgli este que sabe que no hay cosa que más disfrute el Chani que vernos llevar tan bien, que aquel día que me defendió estuvo todo el día contento y no paraba de contárselo a la Mari, que estuvo también como unas castañuelas.

# XIV

## EL JUBILADO DE EL ENEBRAL

Cuando empecé a contar esto, ya con catorce años, aún cazaba y aún valía para subir las escaleras al primer piso de la casa de Madrid. Ahora, cumplidos los quince y camino de los dieciséis, ya no cazo y solo con mucho esfuerzo consigo llegar arriba del primero o hasta el mirador que ha hecho el Chani en la finca. Y en las escaleras, no siempre, que cada vez más a menudo me quedo espatarrado en los últimos peldaños y tienen que venir a socorrerme. Pero yo quiero llegar a su sitio, por la mañana, mientras desayuna, o por la noche para dormir en sus pies. Pero ya cada vez menos, veo que me tiene más cuenta quedarme tranquilo abajo, que tampoco me gusta, que es lo que cada vez pasa más, que me empujen del culo para subir o me bajen en brazos.

Mejor me va con las escaleras, que son muy pocas y tendidas, de la cabaña de madera de El Enebral en Albalate. Esas aún las subo y con tiento también las bajo. Lo mismo que aún me subo al atardecer al mirador, por la senda de la sabina tan redonda y hermosa donde siempre huele a conejo. Por todo me gusta a mí tanto ese monte que tenemos ahora en Albalate y donde paso tanto tiempo.

Pero debo andar con cuidado porque ya me pesa todo y no me responde nada y cuando no me doy cuenta me pego el morrón, como hoy, que he saltado desde el porche de la cabaña y casi me mato contra el suelo. No sé por qué me ha dado por saltar, pero el caso es que he dicho «allá voy» y el trastazo ha sido de alivio. Lo dicho, para haberme «matao». La cosa ha quedado en el hocico sangrando por la parte baja. Menos mal. A veces no me doy cuenta de que soy un abuelo y pasa lo que pasa.

No me puedo quejar, la verdad. De nada, ni en Madrid y aún menos en El Enebral de Albalate, me falta. Y lo que menos su cariño. Porque siempre están pendientes. Eso es lo que más me anima. Eso no ha cambiado. Y eso se lo agradezco más que nada. Aunque esté ya sordo como una tapia y vea cada vez menos.

Lo de cazar eso sí que ya pasó a la historia. Lo barrunté el día que montó al Mowgli en el coche en Ainzón, yo me quedé en tierra, y volvieron luego con un montón de codornices. Ya me he quedado para lo de aquel día, buscar las que esconde cuando vuelven a casa y cobrarlas. Con todo, en estos años hemos ido alguna vez juntos y algunas yo todavía por separado. Y una cosa me tiene dicho el Chani. El pequeño es mejor que tú en lo de ir cerca y obedecer, pero en viento y en cobro no te llega ni a la punta del rabo.

Pero en estas dos últimas temporadas yo apenas si he olido de verdad la caza. Las últimas manos de «salvaje» fueron aquellas de finales del 2006 y primeros del 2007 en Alarilla, y es verdad que volvía ya muy tocado, me empezaba a dejar caza porque ya no llegaba al punto al pelotazo, pero aún tuve días buenos. Aún cobré durante el final de aquel año y principios del otro algunas perdices y también fuimos de zorzales. Vamos, que aunque el Mowgli estaba en casa ya, todavía era yo el perro con el que salía al campo y con el último que fue a Alarilla, porque dejó al final de aquella temporada el coto.

Allí en nuestro último día de caza aun volvimos con una perdiz, pero lo que al Chani le llegó al alma fue el cobro que le hice de un zorzal que se había refugiado herido en una zarza. Entré a por él tres veces y bien que me pinché, pero a la cuarta salí con él. Eso a otro, pero a mí, aunque solo sea por orgullo, no se me escapa así como así una pieza por mucho que pinche una zarza. Aunque sea un zorzal. Fue mi último cobro en Alarilla.

Pero aún he podido hacer algunos en Albalate. Porque entonces es cuando se hizo con la finca de El Enebral en aquel monte bastante lejos de pueblo, dando vistas a la sierra de Altomira y sin otra cosa que bosques a su alrededor. Y allí comenzamos a ir de vez en cuando, aunque entonces no se había hecho aún la casa de madera. La finca es hermosa, y la cuadrilla, el Luis, el Pistón, el Emiliano, el José, el Rubio, el Sastre y el Alguacil junto con los vecinos, el Corrochano y el Juanito, unos tipos muy majos a los que no les falta una caricia cuando el perro viejo pasa junto a ellos. Me da un poco de pena, yo creo que al Chani aún más que a mí, el que no haya podido disfrutarla nada más que como casi un jubilado. Tiene barrancos muy bonitos, montes entre sembrados, hay bastantes conejos y no falta la perdiz. Encinas, robles, enebros, sabinas, retamas, espartales, tomillares y romerales son los colores y olores del aquel paisaje.

Aún he corrido algún conejo y aún echamos en el 2007 alguna mañana juntos. Y si le he hincado a pocos el diente es porque vino muy poco y porque falló más que atinó, que menuda soba me di, con lo viejo que estoy, detrás de uno que parecía tocado. Pero aquel ya fue mi último año en activo y ya al año siguiente el Mowgli me sustituyó casi totalmente, y por más que alguna vez nos llevó juntos y por más que yo lo intentaba, es que ya no podía ni seguirlos y, a pesar de mis protestas y aullidos y asomarme por la cerca que rodea la casa, ya no me dejaron ir con ellos.

Así que es el Mowgli el que sale tan ricamente por las mañana y empiezan a cazar a un paso, porque la cabaña está, ya digo, en medio del monte, aunque el Chani procura que no sea a mi vista y yo me tengo que aguantar esperándolos en el porche. Que no me aguanto y ladro. Hasta que me duermo. A la vuelta no le falta el detalle de siempre. Esconde una perdiz o un conejo para que lo busque, lo cobre y me dé con la pieza todos los paseos que guste hasta meterla dentro de la casa.

Que por cierto tiene muy buena chimenea para el invierno y se está muy calentito y en verano buenas corrientes, sobre todo cerca de la puerta al porche donde se duerme tan a gusto. Además, muy cerca de la cabaña y dentro de la cerca hay un olivar y una zona de retamas y carrascas, por donde me dejan andar a mis anchas y por la que abundan los conejos. Por allí me entretengo y me paso el tiempo que quiero a ver si se descuida alguno. Pero que no. Que son muy listos. Y esta Nochevieja pasada tuvo que venir a buscarme con una linterna a un lugar donde tienen madrigueras, que allí estaba yo, quieto y atento, esperando por ver si alguno asomaba.

O sea, que no todas las cosas en la vejez son malas. Ni siquiera con el pequeño. Resulta que cuando se va, aunque no sea a cazar y aunque es muy gruñidor, resulta que lo echo mucho de menos. Porque siempre nos hemos llevado bien en el fondo. Cuando era pequeñín, poco más que un cachorro, yo no abusé, y luego él no ha abusado de mí. No hay rencores y excepto algún agarrón sin daño poco más hemos tenido. Y lo dicho antes, ahora ya hay cariño. En tiempos y a fuer de perro sincero la verdad es que hubiera preferido que nunca hubiera aparecido. Pero llegado a este punto resulta que me siento mucho mejor cuando estamos juntos y nos quedamos solos en casa. Si quedamos los dos, pues tan contentos.

Me jode, eso no puedo evitarlo, que sea él el que se vaya a cazar con mi amo. Aunque aún he tenido una oportunidad de darle una pequeña lección. Al final de temporada sueltan faisanes en El Enebral. Acabada la tirada, Mari nos bajó en el coche y nos dio suelta. El Mowgli corría que se las pelaba, pero yo llegué a un par de sitios donde me dijeron «muerta», y así y asá con tiento, acabé encontrando dos faisanes y yo los cobro y los porto y no como el Mowgli, que se queda allí mirándolos. El Chani se puso pero que muy contento. Lo mismo que en la última ocasión que aparecimos por Cabanillas, donde aún cobré mis perdices, aunque solo dimos una pequeña mano y por terreno llano.

Pero qué cosas, resulta que mi última cacería ha terminado por ser en el lugar donde hace ya tantos años me estrené de cachorrillo y donde me estrené también con aquella perrilla a la que nunca más he visto: El Cerrillar.

Jesús, el joven, nos invitó a una suelta y el Chani me llevó a mí en vez de al Mowgli. Y me porté. Ya lo creo. Hasta se diría al verme que tenía cinco años menos. Después de la tirada me sacaron para cobrar y no solo cobré de las que se habían dejado muertas, y que fueron unas cuantas, es que dimos una vuelta a las que se habían ido de la línea de escopetas y le saqué tres, que volcó el Chani, y cobré yo como en los viejos tiempos.

Tenía que ser El Cerrillar, donde tengo tantos recuerdos, donde cobré mi primera pieza, aquella codorniz, y donde tuve mi primera y casi única aventura amorosa.

Ahora, ya digo, soy el jubilado de El Enebral y el abuelo de la casa en Madrid. Duermo mucho, cada vez más. Ya tengo ganas de pocas cosas. Paseos alrededor de la cabaña y en Madrid el patio y las dos pequeñas calles sin salida me sirven para estirar y levantar la pata. Sigo siendo un perro limpio y si algo no he perdido ha sido el apetito. Me gusta Albalate porque duermo en la cama con el Chani y porque aún puedo oler a los conejos en el olivar. Me gusta darme mis paseos a mi aire y apoyar la cabeza en la pierna del amo y así me quedo un buen rato mientras me acaricia detrás de la oreja. Luego me voy al cojín o a la alfombra y me tumbo, si es invierno cerca de las chimeneas, si es verano en la corriente de las puertas, y me duermo. Este invierno he pisado mucho la nieve, que es algo que siempre me ha gustado mucho y que hasta me rejuvenece. Un día con todo cubierto de ese manto fresco que tanto disfruto pisando dimos un largo paseo con el Chani y salieron un par de conejotes. Fuimos despacio, pero aun resollando sí que pude con las cuestas y al regresar junto al fuego teníamos todos, incluso el pequeño Mowgli, una mirada feliz y hermosa.

Y este último verano, que he pasado casi entero allí en el monte, me he metido todas las veces que he querido en una charca que hay al lado del pabellón de caza. Aún he subido con el Chani al mirador a ver atardecer por la senda de la sabina y luego he bajado aun delante de él casi al trote, aprovechando la cuesta abajo.

Ahora estoy tumbado en la cama de la cabaña, muy cerca de él, y él sentado ante un escritorio teclea con empeño y sin levantar la vista. Está escribiendo. Pero le noto algo, como cuando escribía *Nublares*, le noto una emoción que me toca, como si fuera una caricia, que de vez en cuando al descansar de su labor, me hace. No sé.

Quizás este escribiendo un libro en el que salgo.

# ADIÓS A MI MEJOR COMPAÑERO

Volvimos de Albalate el 31 de agosto. Lord había pasado un verano tranquilo y alegre. Sus problemas de respiración le habían molestado, pero no demasiado. Animoso siempre y sin perder jamás las ganas de comérselo todo, se aposentó de nuevo a su vuelta en el salón y en el patio de la casa de Madrid, sus dominios más placenteros. El día 3 de septiembre sufrió un fuerte ataque. No podía respirar. Era mucho más grave que otras veces. Pero cuando acudimos al veterinario se había recuperado y tras una inyección le recetaron unas pastillas de refuerzo para las que ya estaba tomando porque la dolencia pulmonar le estaba afectando desde hacía ya casi un par de años. Tanto se recuperó que partió con Mari y Mowgli rumbo a Ainzón. Yo tuve que viajar a Canarias. Me decían que estaba muy contento en aquel lugar, que reconocía, y encantado de volver a salir al huerto. Regresé el lunes a Madrid y ellos tenían previsto volver el martes, día 8. Por la mañana se comió, como siempre, su yogur y aun rebañó lo que se había dejado del suyo el Mowgli.

Esa misma tarde al volver en el coche sufrió otro fortísimo ataque. Llegó a casa y su última hora la pasé con él tumbado en el patio sin poderse levantar. Supe que no debía sufrir y que yo tenía que cumplir una promesa que muchas veces le había hecho. Volví caminando apretando su collar en mi mano. Y quise despedirme de él con estas líneas:

### ADIÓS A MI MEJOR COMPAÑERO

Se ha dormido. Le he cogido la pata y acariciado la cabeza mientras se dormía para siempre. Se lo había prometido. Ha sido valiente y generoso hasta el final. Un último ataque, regresando a casa después de un viaje, una respiración angustiosa, un resuello, un quejido continuado. Estuve en el patio con él, esperando que abriera el veterinario, sabiendo sin quererlo aceptar que ya no podría recuperarse. Pero aún se levantó, aún comenzó a pasear por el patio, aún entró al salón, aún... No se quería rendir. El Lord no se rendía nunca. No sé, quizás también se despedía.

Ha estado conmigo dieciséis años, desde que era un cachorrillo apenas destetado, desde aquel día que lo recogí donde nació en el bar Los Morales. A él está dedicada mi novela de más éxito, *Nublares*, y en él está inspirado el lobo del protagonista paleolítico. He escrito mucho sobre él y me ha acompañado siempre mientras escribía. Durmió hasta anteayer en los pies de mi cama. Ha sido mi compañero en el campo, hemos compartido la pasión por la caza, la alegría de vivir, las tristezas (nadie captaba como él mis momentos de dolor o de abatimiento y nadie sabía tampoco ofrecer mejor su cariño y su cercanía). Ha sido mi perro y yo su amo y su amigo. Creo que muy pocas veces, nunca por supuesto con maldad, nos hemos fallado el uno al otro. Lo he querido como se quiere a un perro. Y se puede querer mucho a un perro. Y él me ha querido como los perros quieren a los hombres. Y el Lord, Lord Jim era su nombre completo en homenaje a Conrad, lo hizo con toda la devoción y un espíritu leal, pero también independiente y libre.

A los seis años una grave enfermedad, una maligna garrapata, casi lo mata. Los veterinarios decían que aunque se salvara ya nunca podría cazar ni salir al monte. Se recuperó, los cuidados de mi mujer, María, lo hicieron fortalecerse. Ya lo creo que se recuperó. No había quien lo parara. Y hasta bien entrados los catorce fue mi inseparable compañero de correrías montunas. Hasta este mismo año, aún se acercaba al volver la cuadrilla para bajar en la boca un conejo hasta la casa. No me importa decir que he llorado mientras se apagaban sus latidos y se quedaba reposando, ya sin sufrir. Y que ahora no puedo reprimir, ni quiero, mis lágrimas al dejar estas líneas. No es un homenaje. Es, él lo percibiría y lo entendería a su buena y animal manera de entender, un desahogo, como un aullido, de pena, de una inmensa pena y de saber que tantos sitios me lo van a recordar, que en tanto lugares y a cada paso lo voy a echar de menos.

Tendrá su tumba en el bosque, en un alto, muy cerca de donde está hecha esta foto. Un día, dejaré pasar algún tiempo, publicaré ese libro suyo. Hoy me queda, en el desconsuelo, la certeza de que ha sido feliz en esta tierra conmigo. Y a mí, mientras la compartimos, me hizo también feliz su compañía. Adiós, Lord, mi viejo Lord, mi buen perro.

Unos días después regresé a El Enebral. La tarde metida en lluvias, con nubes bajas y plomizas y nieblas espesas que velaban los cielos, invitaba a la tristeza. He llevado las cenizas del Lord al último monte que le vio caminar por él. Allí pasó sus últimos días, todo este verano hasta finalizar agosto, y nunca pensé que ya no volvería cuando aún subió conmigo una última vez a ese lugar donde he querido dejarle.

Debajo del mirador, en uno de los puntos más altos y el mejor divisadero, hay una vieja y muy centenaria sabina, la más hermosa, con su copa redonda y perfecta, de todo El Enebral. Allí he enterrado sus cenizas. La tarde, mientras hacía el pequeño hoyo que he protegido con lascas de yeso cristalino y de pizarra, se ha abierto un poco y se ha quedado blanda y más serena. El otoño, dulce y silencioso al atardecer, ha asomado su rostro lavado y húmedo de enebros, encinas, robles, aliagas, retamas y romeros. Una luz amable ha querido despedir la tarde y a mi viejo perro. Me he quedado allí mientras caía y en silencio han vuelto, por la sierra de Altomira, las nubes y las nieblas hasta que poco a poco han ido ocupando primero el horizonte y luego han acabado por envolverlo todo. He vuelto entonces a la cabaña, con el joven Mowgli a mi lado, tras dejar sobre la lasca de pizarra una ramita de romero. El cielo ha comenzado de nuevo y mansamente a llorar sobre la tierra, y por el bosque, los árboles y yo se han deslizado sus lágrimas.

Sé que será un lugar donde más de una vez me encuentre el crepúsculo. Subiré, lo he comprendido, sabiendo que no será para hacerle compañía, pobre, ya no la necesita, sino buscando la suya que me falta.

18 DE SEPTIEMBRE DE 2009

# EPÍLOGO

Los perros son inmortales. Poseen el maravilloso don que las bestias mantienen y los hombres han perdido de la inocencia sobre su muerte. No saben, no tienen conciencia de que han de morir. Pero en el caso de que Lord, Lord Jim, hubiera sabido que iba a morir, hubiera sabido también que tendría, como tuvo, mi mano para descansar su pata cuando el viejo cuerpo ya no le dio más de sí. Como supo que tenía mis brazos cuando cada vez con más frecuencia no podía subir las escaleras de casa hasta el primer piso, hasta el despacho donde pasamos tanto tiempo juntos, donde hemos compartido este último libro. Como sé yo que mientras a él le hubiera quedado aliento no me hubiera faltado su cercanía ni su calor ni su cariño. Nunca me faltó la hermosa mirada de sus ojos luminosos que tantas veces me han consolado cuando la desolación, por causas ajenas o por mi propia estupidez, me ha alcanzado el corazón. Ningún ser vivo ha sabido como él reconfortarme en esos momentos de abatimiento y soledad. Y aunque ni él ni yo creemos que haya en unos cielos paralelos un paraíso de agrestes cazaderos poblados de salvajes perdices y huidizos conejos ni un infierno en que nos den caza a ambos escuadrillas de patos con ametralladoras y liebres armadas con kalashnikov, sí que tendré para mí en las noches frías del invierno, cuando las estrellas más brillan y destilan el hielo y la belleza por cada una de sus puntas, la nostalgia de nuestros días juntos en la dulce y leve tierra que compartimos. Y que cuando al atardecer, en los cálidos veranos, vea aparecer el lucero vespertino, el estremecimiento de mi piel y de mi lágrima serán el homenaje a lo efímero de su presencia y a su largo recuerdo.

# LOS PERROS DORMIDOS

Le despertó un ladrido, extrañamente conocido y familiar, pero no escuchado desde hacía mucho. Se levantó y ladeó la cabeza, en ese gesto tan particular suyo, para captarlo mejor, y aguzó las orejas en su dirección. Volvieron a sonar los ladridos y ahora, de golpe, sí que los reconoció, aunque no los había oído desde sus tiempos de cachorro y poco más.

—¡Pero si es el abuelo Lord!

Al hacerlo es cuando el otro, un bretón blanco, de buena alzada, pelo sedoso y con tan solo una mancha naranja encima de la paleta derecha y otras dos en las orejas, apareció ante él.

—Hola, Mowgli. La Voz me había dicho que ibas a venir.

El Mowgli también era un bretón, pero más pequeñito y ligero y con las abundantes manchas por todo el cuerpo propias de su raza. Estaba desorientado, sin saber dónde se encontraba, y cómo era que aparecía por allí el Lord, al que tanto tiempo hacía que ni veía ni escuchaba. Se olieron y el Mowgli, como hacía de gozquecillo, no pudo resistir la tentación de hacer cabriolas, jugar y dar vueltas alrededor del otro. Estaba contento de encontrarlo. El Lord, más tranquilo, no era tan juguetón, meneó el rabo con alegría. Él lo tenía más largo que el pequeño, a quien casi lo habían dejado rabón. Al Mowgli siempre le había dado un poco de envidia el del otro. Él también movía el rabo, pero no movía más que el muñoncillo y no era igual.

Paró de dar saltos y se puso a preguntar. ¿Dónde estaba?, ¿qué era aquel sitio?, ¿por qué estaba el otro allí? El Lord le respondió:

—Este es el lugar de los perros dormidos. Estamos en un sueño del que a veces podemos despertar si se nos recuerda. Eso sucede, tan solo, si un humano nos piensa. Pero para que los dos nos hayamos podido ver era necesario algo más. El amo nos ha recordado a los dos, pero si no hubieras reconocido mi ladrido no hubiera podido aparecer. Y yo también, antes, hube de reconocerte a ti. Me lo preguntó la Voz y a la primera acerté. La verdad es que eres casi con el único con quien he podido estar, pues con otros, por ellos o por mí, algo ha fallado y no ha podido ser. Alguna vez sí me he visto con la Lulú, esa perrilla chiquitita como una ratilla que a ti y a mí nos parecía tener hasta miedo y que lo sigue teniendo hasta aquí, y con otro vecino, un *golden* muy mayor, de cuando yo era jovencillo, que se llama Prince. A ese no lo llegaste a conocer. Vivía en una casa cercana a la nuestra de un amigo del amo y se durmió antes que yo. Pero nos vemos poco porque a él no lo despiertan casi nunca. A mí el recuerdo del amo lo hace bastante más y a ti te he seguido de cerca porque solías estar con él cuando piensa en mí. Y a ella le pasa igual.

—Pero ¿qué pinto yo aquí? Si yo estaba con los amos ahora mismo. Él me tenía en brazos y me acariciaba. Había más gente, pero él no me dejaba con nadie y me tenía abrazado porque estaba muy débil, me costaba andar y me tropezaba con las cosas. Acurrucado, me estaba quedando dormido y me sentía muy bien.

—Ya no estas allí. Ya no podrás, ni yo tampoco, volver con ellos. Ahora estas aquí. En el sueño. Pero los podrás ver. Cuando te recuerden y, si nos recuerda a los dos, pues mejor, porque entonces estaremos juntos nosotros dos. Míralo ahora, ¿no sabes dónde está?

—¡Sí que es él! Pero ¿cómo no voy a saber dónde si estuve con él hace nada allí? Es El Enebral y está subiendo hacia a la sabina, esa tan redonda y tan hermosa que hay a media ladera justo debajo del mirador desde donde se divisa todo alrededor. Bajo el árbol hay unas losetas de pizarra. Allí solíamos subir bastantes veces y yo siempre iba con él. Pronunciaba tu nombre y nos quedábamos un rato antes de seguir. Al ir o volver de caza siempre hacía que pasáramos por allí y, otras veces, subía de propio. Cortaba una ramita de romero y la ponía entre las losetas. Lo hacía de tapadillo y para que nadie se diera cuenta, pero yo lo tengo bien guipado.

—Veo que lo sabes, pequeño. Pues sí, allí está lo que en la tierra queda de mí. Y lo que ahora me parece que va a dejar es algo de ti.

Observaban los dos al hombre, que desde cachorros los tuvo, subir por la loma. El Lord no conoció otro amo, pues casi desde que abrió los ojos estuvo con él, y el Mowgli, si acaso unos mesecillos con uno del que ya le era casi imposible acordarse, aunque algo aún sí. El hombre estaba acabando de subir la cuesta y llevaba un frasquito en la mano. Le vieron levantar la pequeña losa. Dentro había una bolsa con cenizas y un libro envuelto en plástico. El Mowgli reconoció lo que contenía el frasquillo de cristal.

—Me cortó un poco de pelo cuando me estaba ya durmiendo del todo. Es casi lo último que recuerdo de allí.

El hombre depositó en el hueco el frasco y volvió a poner sobre ello la loseta horizontal. En la que estaba clavada en vertical, al lado de donde había grabado un nombre hacia diez años, volvió a grabar otro ahora. No se demoró luego mucho. Antes fumaba y se hubiera sentado en el suelo a echar un cigarrillo, pero lo había dejado ya hacía un tiempo, casi dos inviernos por lo menos, recordó el perrillo, a quien el olor del cigarro siempre le desagradó. Pero antes de marchar hizo aquello que los dos sabían que hacía a escondidas de los otros hombres, pero que hoy ambos esperaban que no se olvidara de hacer esta vez. Se acercó a un romero, corto una ramita y la puso entre la juntura de las dos losas. Y oyeron que decía el nombre de los dos.

—Ves. Sabía que lo iba a hacer —dijo el Lord—. Ahora se bajará hasta la cabaña. Ella no suele subir aquí. Vino algunas veces, pero se iba llorando y muy triste.

—Él también lo está —respondió el Mowgli—. Eso se lo noto sin ni siquiera tenerlo que oler.

—Yo también. Se lo notamos siempre. Cuando se siente mal, aunque no huela a enfermedad. Es cuando más hay que arrimarse a él.

—Bien de veces que lo hemos hecho los dos, ¿verdad?

—Pero buenos amos hemos tenido nosotros también. No nos podemos quejar. ¡Menuda suerte el haber caído con ellos, con lo que a veces se ve por allí!

—Pues sabrás que entre ellos solían decirse que tú, Lord, fuiste siempre más de él y yo de ella. Y que tú, como te habías criado entre algodones, eras un señorito.

—¡Bah! Tontunas, chaval. Eso fue solo al principio, cuando no te dejaban subir al primer piso en la casa de Madrid. Solo me dejaban a mí —contestó el Lord— porque he de reconocer que te tuve muchos celos al principio. Mis amos eran míos y no sabía para qué te habían traído a ti. A estorbar, y justo cuando me empezaban a fallar las fuerzas. Luego me acostumbré y fuimos buenos compañeros. Pero al principio reconozco que bajaba hasta la planta baja cada mañana con la esperanza de que te hubieras ido. Pero nada, allí seguías, bichejo. Así que me tuve que acostumbrar.

—Pues a mí nunca me trajeron a nadie.

—Mejor para ti.

Vieron bajar al hombre y lo vieron entrar a la cabaña y acercarse a la mujer. Los dos estaban silenciosos y tristes y miraron por la ventana de detrás del sofá donde ellos solían echarse, hacia el romeral y las barrancas pobladas de encinas, enebros y sabinas.

—Esta tarde y hasta que se duerman me parece que vamos a poder seguir despiertos. ¡Qué bien, Mowgli! Pero me da pena verlos así y no poder acercarme a rozarme con ellos.

No pudieron, y al cabo el Mowgli aceptó que aquello ya sería siempre así, pero sí pudieron recordar muchas cosas de cuando habían vivido juntos y otras que el Lord a veces les había visto hacer.

—Yo os he visto muchas veces. En casa, aquí, cuando ibais a cazar, por estos montes o por los de Bujalaro o de cualquier otro lado. Y hay una cosa tuya por la que siempre me he reído de ti. ¡Pero qué miedo le tienes al agua, zagal, y lo que me gustaba a mí! Ni a esa piscineja que tienen te atreves a meterte.

—Sí que me meto —protestó el pequeño—. El otro día, sin ir más lejos y aunque ya estaba muy flojillo, hasta dos veces. Y cuando hacía calor, buenos baños me he dado allí.

—¿Baños dices? Ja, ja. Pero si no te mojas ni el lomo, cobardica. Si bajas solo al primer y al segundo escalón todo lo más y hasta donde haces pata. Con lo que a mí me gustaba nadar, tirarme a un río y hasta bucear y sacar piedras del fondo. Con él me iba a pescar a los ríos y siendo yo aún más pequeño entonces que cuando te trajeron a ti, la primera vez que llevó a uno, ¡zas!, al agua que me tiré, y como era tan chico me llevó la corriente. ¡Que menudo susto nos llevamos él y yo! Yo pateaba lo que podía intentando acercarme a la orilla, pero el agua me arrastraba cada vez con más velocidad y él corría dando voces hasta que, en un recodo donde se remansaba un poco el río, me pudo echar mano al cuello y me sacó. Pues no por ello le cogí miedo al agua. ¡Al revés! Cada vez me gustaba más y nadaba mejor. Menudos patos le cobraba, aunque hubiera una corriente temible y tuviera que cruzar el cauce hasta el otro lado y volver. Y tú, en cuanto te llega el agua por la barriga, a temblar.

—Pues sí, ¿qué pasa? ¡No me gusta el agua ni nadar! Y eso que él se empeñó, pero no hubo forma, es superior a mí, y él venga a decir que el Lord por aquí y Lord por allá y hasta un día me tiró a la piscina y menudo apretón pasé, pero me salí a escape, que nadar sí que sé. Ya desde entonces bien atento estaba cuando andaba cerca para que no lo volviera a hacer. Y la verdad es que casi nunca lo volvió a intentar después de ver el miedo y los tiritones que daba al salir.

—Vaya vergüenza de bretón —ladró el Lord con un tonillo de burla, pero sin maldad.

—Pues de ti, que lo sepas —replicó el Mowgli—, se quejaba de que cazando te ibas muy largo y que espantabas las perdices hasta que ya te cansabas un poco y te podía refrenar. Y bien que me halagaba a mí por cazar cerca y atento a él.

—¿Ah, sí? Pues que sepas tú que bien he visto cómo se quejaba y me recordaba a mí cuando había que cobrar las piezas. Que muertas o heridas no me dejaba yo una en el campo y a la mano se la traía. Que en eso, pelo o pluma, yo era el mejor, y no te digo cogiendo liebres tocadas que, él mismo lo dice, no lo ha habido mejor. Que sabía la que llevaba un perdigón aunque corriera al principio como si no la hubiera alcanzado ninguno porque yo sabía la que iba en algún momento a caer. Desde bien joven lo supe, chaval. Pero no vamos a discutir, que estoy contento de volverte a ver. No nos vamos a enfurruñar por tan poca cosa cuando nos hemos vuelto a encontrar.

—Siempre has sido un gruñón, abuelo. Y demasiado largo de conversación para arrimarte el ascua a ti, que te conozco los trucos. Pero yo también estoy contento de volverte a ver y de eso que me dices de que a ellos también podremos seguir viéndolos, aunque tocarlos o que nos toquen, no. Pero si como explicas solo puede ser cuando ellos nos recuerden y piensen, si se olvidan de nosotros, ¿que nos pasará?

—Pues que no despertaremos del sueño. Pero, descuida, que eso no sucederá. No ha sucedido conmigo durante todo este tiempo en que tú hasta estado solo con ellos. Por eso me sé tantas cosas de ti, pájaro. Que has vivido como un rey.

Los dos perros se echaron uno junto al otro y se quedaron mirando cómo los humanos encendían el fuego en la chimenea de la cabaña.

—Qué bien se estaba allí, oye. En esta casa de madera, mejor todavía que en la de la ciudad, que también hay lumbre, pero como que en esta es que oliera mejor y calentara más —dijo el Mowgli, y preguntó—: ¿Y qué más cosas sabes de mí, a ver?

—Pues algo que me dio envidia. A ti te llevaron alguna perra y a mí, no. Yo con el cojín, con el que tú también te aliviabas, me tuve que conformar. Y con alguna que de extranjis me pude trajinar por mi cuenta. De joven una perrilla en El Cerrillar, por el río Dulce, donde te llevó a ti la primera vez a cazar y que fue la primera que yo no fui con él. Pues allí me estrené yo con las hembras, porque me pusieron pared con pared en unas perreras con una pastora y me pude saltar a la suya. Je, je. Luego tuve un lío un tiempo con otra, una *setter*, de la cuadrilla de amigos que cazábamos muchas veces y que tú no llegaste a conocer. Tosca se llamaba aquella, fue la única novia algo fija que tuve, pero con la que tenía que andar a escondidas siempre, pues no nos querían dejar nunca juntos, y con la que aprovechaba cualquier oportunidad. Hasta por una ventana medio rota me colé una vez. A ti te lo han puesto más fácil. Te las llevaban puestas, granuja.

Ladró el Mowgli acordándose de aquello, sobre todo de una bretona que le gustó a rabiar y que era de la misma talla y traza que él.

Pasaron la tarde recordándose cosas el uno al otro mientras miraban a sus amos, junto al fuego y en el sofá donde alguna vez habían estado ellos tumbados también. Sobre todo, les venían cosas de cuando comenzaron a hacerse amigos y a ayudarse el uno al otro. Desde aquel día en que se vieron por primera vez. El Lord tenía buena memoria y lo contaba muy bien, y el Mowgli, como en los viejos tiempos, como cuando era un cachorro, se hizo una rosca y se quedó escuchando al abuelo.

—La casa de Madrid la estrené con ellos, cuando tenía solo mesecillos y en ella no había entrado otro perro que no fuera yo, con la excepción de alguna visita al patio de la Lulú, la perrilla esa que parecía una ratilla, que has conocido y que duerme ya también, y hace muchos años el viejo Prince, que no llegaste a ver. En la trasera del coche alguna vez sí había subido alguno de la cuadrilla, pero solo hasta llegar a los otros coches o a la junta. Volver a Madrid y a casa volvía yo solo con el Chani. Yo solo era quien entraba la caza y se la daba a ella, yo el que tenía mi comida, mi agua, mi cojín, mi colchón a los pies de la cama, mi sitio en el sofá de la chimenea o en su despacho. Yo solo y mis amos para mí.

»Así había sido toda mi vida, chaval. Así hasta aquel día que volviendo ya de la última mano del día por la Muela y el Colmillo de Alarilla se puso a hablar con Juan Barrado y yo supe que estaban hablando de mí. Aquella jornada de mediados de diciembre, a tan solo unos días de cumplir los catorce años, había acabado agotado. Llegué renqueando al coche y el Chani tuvo que ayudarme a subir. Desde allí vi cómo seguían hablando y algo barrunté que iba a afectarme. Y tanto que sí.

»El Barrado abrió un pequeño remolque que llevaba y de allí salieron dos perrillos pequeñajos, dos bretoncillos de meses que empezaron a hacerles cabriolas a los dos. Yo estaba muy cansado, pero aun así me levanté y miré por la ventanilla. El amo acariciaba a uno y este se le arrimaba a la pierna y daba saltos como queriendo subírsele encima. Era un macho. La otra era una hembra, su hermanilla.

»Aquel día entraste en mi vida y no creas que entonces me gustó.

»—Elige el que quieras —dijo Juan—, pero el machete es muy cariñoso, ya lo ves.

»Y el amo te cogió en brazos y te metió conmigo en el coche.

»Tú, perrillo, estabas al principio muy asustado y yo muy cansado para ni siquiera abrir la boca. Solo quería cerrar los ojos y esperaba que cuando los volviera a abrir hubieras desaparecido.

»Pero cuando los abrí, al entrar en Madrid, allí seguías, hecho una rosca, tembloroso y todo lo más alejado que podías de mí. Al levantar yo la cabeza te fuiste acercando, arrastrándote, y quisiste lamerme el morro, pero yo lo retiré con orgullo y desdén.

»Llegamos. Yo, como siempre, cogí una pieza en la boca y se la llevé a ella. Pero él te bajó a ti, monicaco, y te metió dentro de casa. Allí volviste, esta vez en homenaje al ama, a hacer tu repertorio de arrumacos y cabriolas. Pero ella te cogió y te metió al cuadro de la ducha de abajo y allí te dio un repaso de agua, jabón, una y otra vez, y refrotones por todo, desde el culo a las orejas, que las traías más negras por dentro que un tizón. Hasta que no estuviste limpio y pulido no te dejó. Pero hasta me parece que te gustó, porque luego ya te aficionaste a ello y hasta lo buscabas antes que yo. A mí, aquel día, como todos al volver del campo, me duchó también con agua calentita y luego comí en mi escudilla, bebí en el recipiente de mi agua y me subí para la primera planta a la habitación. Allí, menos mal, no apareciste. Y yo confié en que al día siguiente al bajar a hacer mis cosas al patio ya hubieras desaparecido, pero nada, allí seguías, mirándome desde un cojín que te habían puesto en un rincón de la cocina. No rechistabas y me mirabas como con miedo y respeto, ¡menudo farsante!

El Mowgli lo interrumpió:

—Pues sí que me gustó, aunque me asustara al principio y aquella espuma me supiera mal hasta que aprendí a cerrar la boca. Eso no me había pasado nunca. En el sitio de donde venía, donde éramos un tropel de perros, nos arreaban de vez en cuando un manguerazo y a correr. Aquello fue bien diferente y aquel día de invierno con agua calentita además. Y me arregosté, es verdad. Siempre me ha gustado lo que más. A lo bueno se hace uno pronto, abuelo.

Se rieron los dos y el Lord siguió con su relato. Presumiendo, además, de que todo aquello estaba escrito en un libro, el que habían visto depositado bajo la loseta de la sabina, y que él era el protagonista, aunque reconociendo que el Mowgli también salía al final, aunque por su gusto, al menos al principio, hubiera preferido que por poco tiempo.

—Porque allí seguiste un día y otro. Y cuando tocó ir a cazar, también viniste. Y me dije, a lo mejor se queda en Alarilla otra vez, pero, ¡quia! Volviste con nosotros. Lo tuve claro: te ibas a quedar para siempre y me ibas a quitar el cariño de mis amos.

»Pero por otro lado eras un perrete sumiso y amable y solo hacías que intentar jugar y agradarme. Yo de jugar ya no tenía muchas ganas, pero, al final, siempre has sido un jodido zalamero, me animabas y me ponía a cabriolear yo también y a mover el rabo. Aunque he de confesar que lo hacía más porque noté que los amos se reían y se ponían muy alegres viéndonos así. Mayormente por ellos lo hacía y muy poco por ti. Pero te tengo que reconocer, Mowgli, que eras un perrillo muy simpático y que te empecé a querer. Barrunté que debías haber tenido una vida antes bastante más dura que yo, porque se te notaba receloso con todo y asustadizo, pero dispuesto a defenderte como fuera. Eres bastante menudo, pero siempre has sido rápido, un rayo, y muy valiente. Y una cosa más, muy sufrido y conformado, a lo mejor por tus primeros tiempos, y no como yo, bien cabezón, je, je, que no paraba de pedir y protestar cuando no me daban lo que pedía. Eso te lo digo de perro a perro y de corazón.

»Lo que sí hicieron al principio los amos para que yo no me sintiera mal fue obligarte a dormir en el piso de abajo. Yo era el señor de la casa y el único que podía subir a la habitación de ellos. Pero no duró mucho la alegría. A las pocas semanas ya te escapabas escaleras arriba en cuanto tenías ocasión, y aunque fueras un par de veces devuelto a la cocina y al cojín, al final conseguiste dormir junto a mí a sus pies. Pero ¿sabes una cosa? Ya para entonces no me importó demasiado.

»Luego, no mucho después, la siguiente temporada, quien casi ya no valía para subir las escaleras era yo. A veces podía y otras tenía que pedir amparo. Que siempre lo tuve, aunque alguna noche comencé a quedarme abajo, calentito junto a la chimenea en un sitio bien mullido y suave que me prepararon. Pero pocas. Porque al menos me gustaba subir un rato y echarme a los pies del amo. Fue por entonces también cuando empecé a perder el oído y me hice más gruñón y a veces me volvía aquel resquemor contigo de por qué tuvo que traerte el amo, con lo bien que habíamos estado siempre los tres, y vinieras a quitarme el sitio. Aunque la verdad es que no me lo quitabas, que el amo claro te lo dejó más de una vez. Si yo lo reclamaba, lo tenía. Pero aunque había algún roce entre los dos, según tú ibas creciendo y yo de bajada, cuando luego nos quedamos solos en casa jamás nos peleamos, nos hacíamos compañía y nos llevamos siempre, dentro de lo que cabe, bien. Yo creo que siempre me tuviste ley, aunque me fueras perdiendo el respeto. Pero amigos y colegas también nos hicimos y ante otros perros eso quedó siempre bien claro.

»No sé si te acordarás de aquel día que fuimos a Bujalaro, el pueblo donde él nació, y al sitio por el que más le gusta andar. Por los altos y las cuestas donde está la cueva de Nublares con el río Henares abajo y la sierra cerrando el horizonte. Íbamos en dirección al alto del roquedo, donde se abre la gruta, cuando aparecieron aquellos tres perros pastor de un rebaño de ovejas que andaba por allí y se vinieron derechos a ti, que ibas delante y solo. Yo estaba viejo, y nunca fui muy peleón, pero no iba a consentir que te hicieran daño. Corrí a escape, ladrando, hacia ellos y me puse delante, entre ellos y tú, que para nada estabas asustado, sino que hacías cara como si en vez de ser un bretoncillo fueras un mastín. Yo no las tenía todas conmigo porque eran más y parecían muy hirsutos y feroces, pero por fortuna llegaron por un lado el amo y por el otro el pastor dando voces y se acabó. Pero aquel día sí que vi que lo agradecías de veras y la relación cambió. Ya hacíamos collera. Y no mucho después quien tuvo que agradecerte la defensa fui yo. Y si algún agravio había habido por la comida, o por alguna pieza, todo quedó ya tapado por aquel día en El Enebral.

»Fue cuando demostraste el corazón que tenías y que siempre podría contar contigo. Fue el día que me ganaste para siempre y supe que fue bueno que aparecieras en mi vida y me acompañaras hasta el sueño. Fue mi última temporada de caza, por decir algo, pues apenas si salía un rato y a poco me volvía a la cabaña. Pero cuando os oía volver a la cuadrilla al pabellón de arriba donde echan el taco y luego reparten la caza me gustaba subir por seguir sintiéndome un perro de caza y, bueno, también, porque siempre había muy buena comida y he sido muy tragón. Pero sobre todo por seguir siendo quien era, darles una olida a los conejos y bajarle a ella uno en la boca como siempre hice.

»O sea, que chino-chano, y a mi paso, subí, el amo me recibió con un bocado bien bueno y una caricia y tú con una mirada y un restregón. Yo me fui después hasta la fila de conejos y los olisqueé un poco para elegir uno, echármelo a la boca y llevárselo, como siempre he tenido por fiel costumbre, a ella. Pero no llegué a hincarle el diente porque un perro de otro cazador se tiró como una fiera a por mí. Y muy mal me hubiera ido con lo poco que ya valía y la mucha debilidad en los cuartos traseros. Pero entonces tú, Mowgli, cuando aquel mal bicho me tenía ya derribado, apareciste no se sabe de dónde y, como un relámpago, le saltaste al lomo, lo cosiste a mordiscos y, a pesar de que te superaba por mucho en tamaño, le pegaste tal soba que salió de allí a escape dando guarridos de dolor. Desde entonces todo cambió entre los dos. Y con el amo también. Porque no le he visto más orgulloso y contento con nosotros que aquel día. No dejaba de contárselo a ella, mientras nos juntaba a los dos las cabezas, cuando nos bajamos a verla tan alegres los tres. Yo con mi conejo en la boca, claro está.

El Mowgli notó el contento de su viejo amigo y se acercó a él. Quiso, como de cachorrillo, lamerle el hocico y esta vez el otro no lo retiró.

—Sí que me acuerdo de aquello y de lo de Nublares, también. Ya lo creo, y que a aquel fanfarrón, que era un vago sin olfato en el campo además, le sobé el hato más de una vez, je, je. Me cogió mucho miedo, el cagón. Y que yo, aunque no cuente las cosas tan bien como tú, tengo que decirte que hice todo lo que pude por cuidarte, porque veía que cada vez ibas peor hasta que al final de aquel verano, una tarde, después de uno de los ataques que te comenzaron a dar, que se te notaba muy mal y que parecías ahogarte sin poder respirar, los amos te llevaron con ellos, yo me quedé esperando, pero tú ya no volviste. Otras habías vuelto más templado y mejor, pero de aquella no regresaste ya. Yo seguí sintiendo tu olor bastante tiempo, te echaba de menos y te solía buscar por la casa. Hasta que ya no te busqué. Pero ves, aunque no estuvimos mucho juntos, te he reconocido el ladrido a la primera. No he tenido otro colega ya nunca. Ni que quieres que te diga, tampoco lo hubiera querido tener. Así he tenido a los amos solo para mí.

—Siempre has tenido suerte, bribón. Y ahora la tendremos los dos. Porque verás que el recuerdo de ellos nos hará despertar muchas veces y podremos verlos y hasta ver los lugares y los montes por los que hemos cazado y los lugares donde estuvimos con ellos. Y estate seguro de que ellos nos van a recordar muchas veces —sentenció el otro.

Pero había algo que había comenzado a preocuparle al recién llegado al Lugar de los Perros Dormidos. El Mowgli siempre había sido un poco desconfiado y seguía con aquel recelo que desde cachorro se le había quedado dentro y del que jamás se libró.

—Oye, Lord —preguntó—, yo también creo que ellos no nos van a olvidar. Pero qué sucederá cuando ellos también duerman como nosotros y entonces ya no nos puedan recordar. Y si su recuerdo no nos llama, ¿qué pasará?

Aquello dejó sorprendió al Lord y los entristeció a los dos. El mayor estuvo un rato pensativo y sin saber qué decirle al pequeño. Se quedó absorto mirando lo que hacía el amo, ella ya se había ido a acostar. Él estaba en el cuarto de la cabaña de madera donde solía pasar largas horas escribiendo y eso era lo que en ese momento hacía. Allí, tumbados en la cama, echados muy cerca de él, lo habían acompañado muchas veces el uno y el otro. Y al verlo así y allí, al viejo Lord se le iluminó la expresión y ladró con alegría.

—Mira, Mowgli, tenemos una esperanza incluso cuando él se duerma para siempre si nos deja escritos. Si ahora mismo seguimos despiertos todavía es porque está escribiendo de los dos en el otro libro que te he contado. Entonces me digo que cuando alguien nos lea en esas páginas, nos despertará al hacerlo. Creo que mientras estemos juntos en el recuerdo de un humano aún podremos despertar.

Y entonces al Mowgli le pareció, pues sus temores solían pasar pronto a la conformidad y hasta el optimismo, una posibilidad aún mejor.

—Pues si otro humano nos lee en el libro y con nosotros a él, entonces es posible que pase lo que ha pasado conmigo y contigo, que no solo podamos verlo, sino que él despierte también, venga a vernos y podamos incluso estar juntos.

—Pues sí, Mowgli. Puede que sí, que mientras estemos en el recuerdo de alguien y con nosotros el amo, aún podremos despertar y hasta puede que todos, y ella también, nos podamos juntar. Mientras algo nuestro y algo suyo permanezca en la memoria de un humano, podremos despertar.

Thorin (Archivo del autor)